海水停在你背上癢的地方

方迦南 著

故事文庫

目錄

I · 海水停在你背上癢的地方

鰂——8
香——15
病——21
脈——30
菊——36
苦瓜——44
緣起——49
高潮——56
那人——62
缺失——70

II · 讓你愛的人活得自由

一輩子的遊戲——158
英文補習社——162
八爪魚的智慧——166
倫敦的太陽——170
黃色蜜蠟唇膏——176
求婚預告——184
和房子的故事——188
紅的孩子叫天——194
點解我咁樣衰？——198
雞蛋——208

她戀父——75
水田浴——78
炭烤魚——85
自由式——90
我要成長——100
列木尼亞——103
幫我抓癢——112
已很久了——120
輕——127
仌——135
巛——142
夾——150

脂脂媽——214
水——219
後記——224

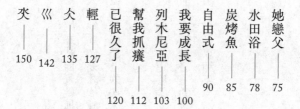

小時候媽媽睡前幫她抓癢，
長大後她要做愛才能睡著，
現在她是小島上的按摩師。

原來一個人，這麼輕。
從前一直放在肩上的重量，她眉間的深鎖，
原來一早可以卸下。

I・海水停在你背上癢的地方

楔子

「氼這個字怎麼讀？」

「跟溺水的溺一樣發音。」

「為甚麼要叫這個名字？」

「因為她是一把在海水裡才聽得見的聲音。」

「她是誰？」

「她是我。」

「你是誰？」

「這不重要。」

「那甚麼才重要？」

「我為甚麼要說她的故事。」

「你為甚麼要說她的故事？」

「我第一次裸泳的時候，在超級冰凍的湖水中，陽光千挑萬選落在她身上，我邊顫抖邊看著她，她很快樂，我很憂傷，我們從未如此見面，赤裸裸的。她說她有辦法把我的憂傷帶走，但唯一條件是我要寫一個她的故事。我問她叫甚麼名字，她沒有回應，只是緊緊把我抱在懷內，光用地球轉動的速度移向我。」

氼：粵音 nik6，「溺」之古字；沉沒、沉溺。

仌：粵音 bing1，「冰」之古字；象水凝之形。

巛：粵音 cyun1，「川」之古字；河流的源頭。

炙赤裸身體，雙手曲起來剛好擋在胸前，手輕輕托住赤紅的雙頰，兩腳用力伸直，圓圓的大腳趾頭剛好微微重疊著。她心中默默倒數，三、二、一，從木板搭的小碼頭直滾到海裡。長長的紅棕色蓬鬆捲髮沒有隨風飄揚的機會，像血液般撒進大海。

最近她愛上這個進入海洋的出場式，她有試過跑著跳、兔子跳、芭蕾舞大躍跳、蜻蜓點水跳……她做滾動式的時候，總是把自己幻想成準備被丟進海裡的棄屍，帶著怨恨投進汪洋。在滾動的某一瞬間，她彷佛看見兇手的面容，身體不受控地往前滾，海水的斑紋出現在她眼前，將她腦海裡的面容沖散，她感受身體的重量離開身體，一眾感官被冰冷佔據。她平攤在海面上，閉著眼，全身放鬆，除了肚子稍微用力平衡著。

哇！好鹹！

一波海水在她臉上划過，剛好從她忘記緊閉的口腔進入喉嚨，升上鼻腔，她用力吞口水，一口一口將鹹味稀釋掉，可是還有些黏住了喉嚨最深處的薄膜，刺激她每一處神經。她停止模仿屍體的遊戲——純熟地在水裡轉動身體，讓每個細胞裹上藍綠色的蛋漿。

她喜歡模仿，像童年時所有妹妹都會模仿姐姐一樣，妹妹會漸漸分不清甚麼是自己的，然後開始刻意喜歡和姐姐相反的東西，那是青春期的開始。但到後來，共同的喜好和特質會重新出現，因為童年產生的一切都是埋藏的綠豆，根紮穩了便一定會發芽。她從小便和妹妹玩各種模仿遊戲，她喜歡不用當自己，卻不用離開自己的遊戲。

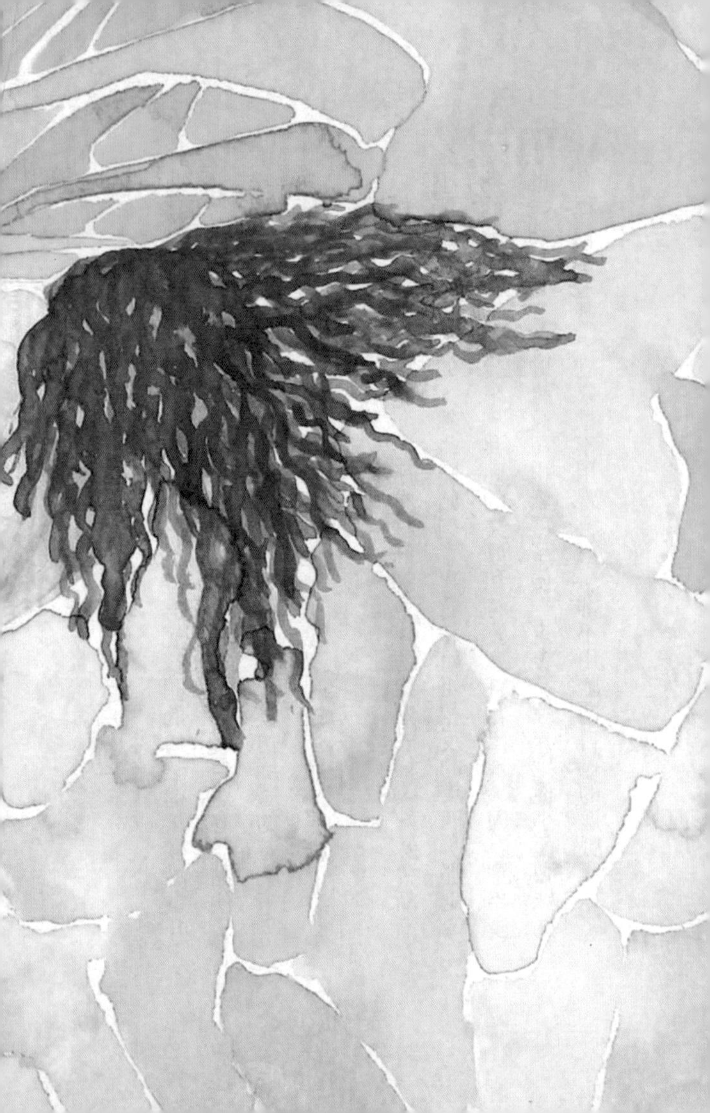

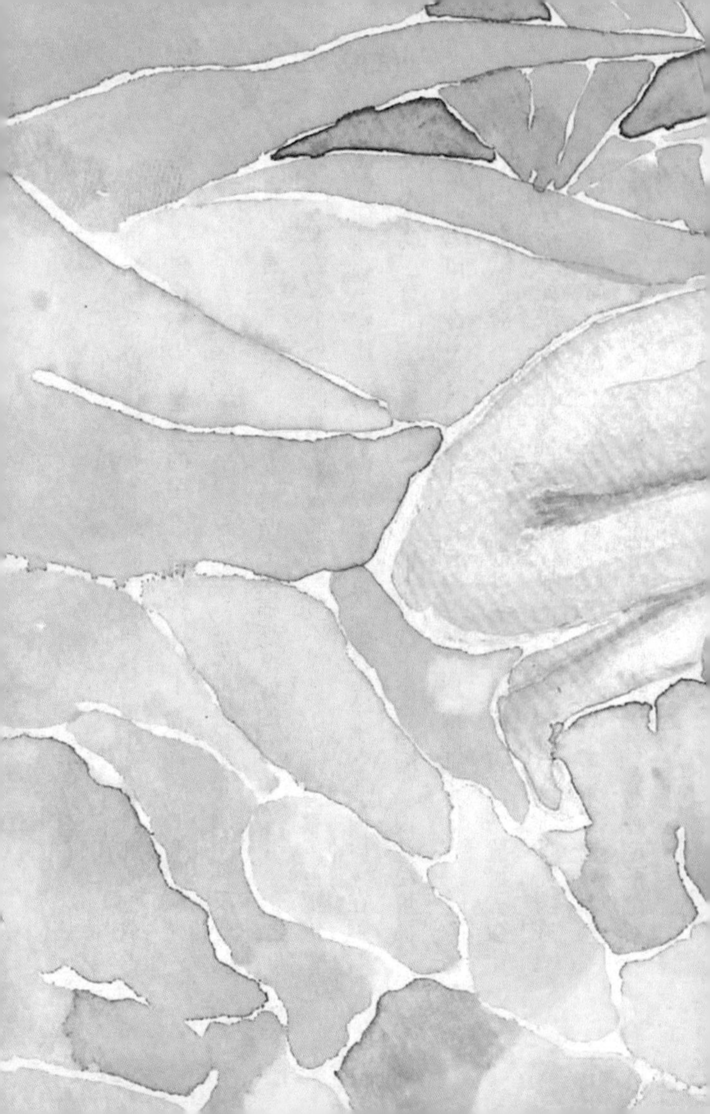

她再次觀察皮膚接觸海水的瞬間，猶如另一隻手腕融化在她的手腕上，一隻會不小心睡著的手，停留在她背上癢的地方，她輕輕轉一轉身，把手喚醒，手似乎醒過來了，指尖上下移動一兩下便又停了——她看著，海水中微皺的眉頭，像媽媽遺傳的卷髮。

這裡的海不是人們眼中美麗的海，並不湛藍，並不清澈，但她依然會往裡跳，它比一般的海危險，每次都會留給她一些傷口，在腳上、腰間、背上，幾處。上岸時她會在軟沙上滾幾個圈，讓沙粒填滿小小的傷口。沙石喜歡傷口，因為有需要他們填補的地方。

她喜歡被海水覆蓋，也喜歡被幼沙包裹，這讓她想起一段過去複雜的關係，如果海水和幼沙都是人，她能同時擁有嗎？從前的她身在海裡，會時常顧看岸上發生的事情，踩著沙又會想念海水。也許因為當時沙灘是一份會用完的禮物，而用時間計算的一切，都必定不足。

她拿起放在沙上的畫簿和顏色筆，畫了一個在海裡的自己，濕透的頭髮裹著幼沙，滴在畫上又被風乾。

她每天有一半時間在海灘度過，從早上六時到正午，然後是晚上八時到午夜，其他時間則在島上的一間小木屋裡「應診」。從海灘到小木屋只須走五分鐘山路，很快便能看見木頭搭成的尖形屋頂。屋前是香草花園，六個大木箱，每個木箱有三格，每格只種一款香草，還有用樹枝組成的木架。她會用自己種的香草煮東西，也會吃其他島民種的蔬果，例如海灘另一頭一對年輕夫婦種的木瓜和蕃薯。那對夫婦是音樂人，會一起創作療癒靈魂的音樂，不時為島民舉辦海邊音樂會。

曾經以戀愛維生的她，現在這樣覺得：世上沒有真正的靈魂伴侶，一切都是電流的軌跡和詭計。從踏足到離開，從來都是一條直路，但人們卻因為許多外來電流的干擾，無法輕鬆、淡然地把路走完。把規劃好的軌跡誤以為是二人所能掌控的，從沒想過，其實甚麼都不做，甚麼都不發生，這條路還是會有走完的一天。

有時候，她還是會從門前大樹間的夾縫裡眺望海平線上的那座浮城，鐵鏽般的深橘色，她放下的一切依然在那裡呼吸著。持續多年的戰場，槍彈的迴聲、峰火的煙燼、亡者的靈魂纏繞不散。她搬到島上後的頭一年，夜裡會聽到譏笑聲和批評她的惡言從縫隙中傳來，彷彿他們已追到這裡來。他們的聲音不刺耳，是溫柔的詛咒，是釀在棉花糖裡的海膽殼，以溫文爾雅的姿態阻擋她的去路。她想驅散他們，更想驅逐自己內心積聚的怨恨。

「炎，今天我早到了，不用招呼我，你先吃午餐！」阿全把他的小貨車停在門前的小山坡，看見炎把一鍋鮮蕃茄拌麵放在前院的桌上。阿全坐下便說：「我兩個女兒上次來找你以後便一直嚷著要再來！大的那個還說以後每個週末都要來你這裡，才肯溫習功課。」炎笑了起來，她的笑是那種會露出二十顆牙齒的燦爛。清空拌麵之後，炎把鍋具和碗筷洗乾淨，晾在廚房窗前的一根大木頭上。這時候，阿全已平攤在客廳角落的按摩床上。

阿全每逢星期二、四下午兩點都會來這裡，他是島上的大地主，擁有三家餐廳並出租十幾個單位，每天幫島民用小貨車載貨賺外快。雖然是島上的富翁，他對任何人都以禮相待，炎搬到小島時，便是全

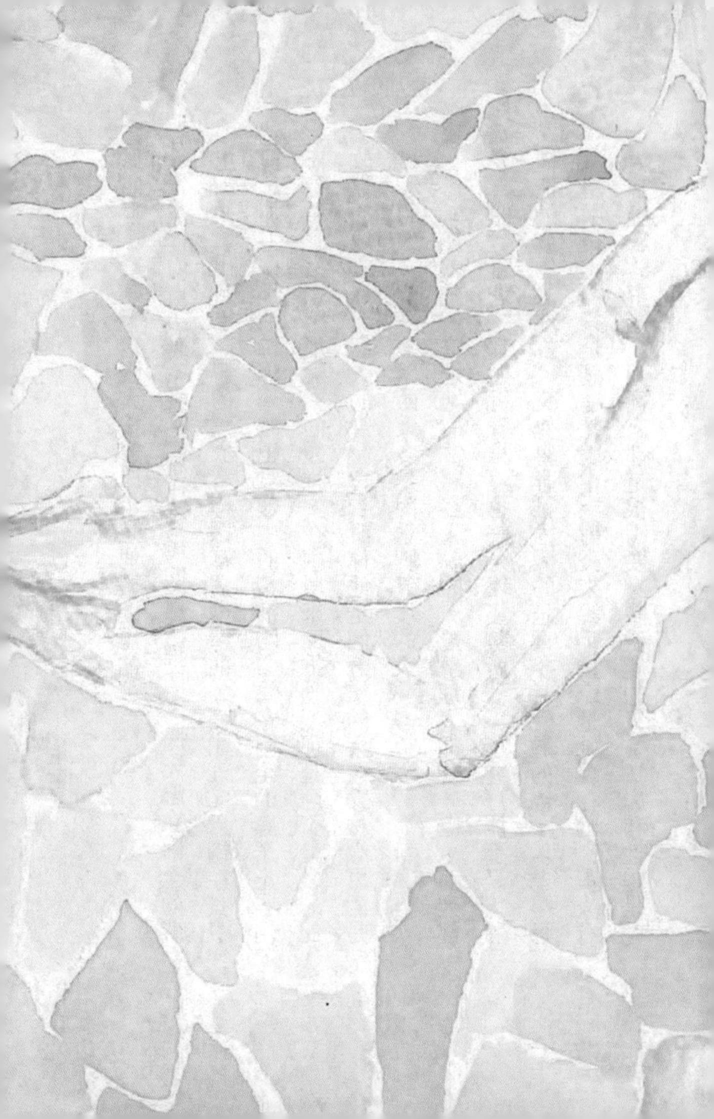

靠他幫忙搬家，這張大按摩床也是他搬進屋的。

炏從廚房走來，將按摩床旁邊的窗戶推開，陽光曬在阿全的背上。她拿出自己調製的薰衣草檸檬草羅勒精油，滴了五、六滴在貝殼裡，加上椰子油稀釋。她把貝殼中的精油均勻塗在阿全的脖子上，用拇指和食指按壓那繃緊的頸椎，在中段來回推動，那是阿全最常忘記放鬆的地方。一個人的身體會告訴你他是個怎樣的人，頸椎繃緊的是專心的人，全身繃緊的大多是固執脾氣壞的人。

「舊患」，這是她最常聽客人說的，幾乎每人都有一處，而大部分人的「舊患」都貼近脊椎。也許是壞姿勢所致，也有可能那是人體構造最疲倦的地方。炏覺得脊椎內藏的是童年時受過的傷，以為早已拋諸腦後，卻只是鑲進骨髓中。對炏來說，按摩是她現在唯一與人有親密接觸的事情，她從來都是很需要身體溫度的人。按摩和性曾是她生活中最重要的事，互相不能取替，她會記住每個伴侶的「舊患」，就像記住那些能達至高潮的按鈕。

每天按摩的時間大概到傍晚五、六點，亦沿著屋後的小路走到她小小的工作室，這是她製作精油的地方，香草堆滿整個工作室的木架，天花掛著一個用香草編織的繩網擺設，角落裡是她從花園摘下的薰衣草、檸檬草和羅勒正在陰乾。

從前在城裡生活，精油都是買國外生產的，但她一直相信自己對氣味的敏感，也很喜歡將一瓶瓶精油重新調配，幻想著自己有天能成為調香師。桌上的精油蒸餾器反射出她專注謹慎的面容，她知道自己的優點是做自己喜歡的事情時可以很專心，而缺點是懶惰，所以她很清楚必須在不懶惰的時候專心做自己喜歡的事情，而其他一切事情，就讓更有興趣、更有天分的人去做。有時候她在睡房睡不著便會過來工作室睡，雖然這裡夜晚比較冷，但被香氣包圍的夢鄉大多是甜的。

晚飯後，她回到海上。她覺得自己是一根漂流木，在夜海中不會有人察覺，可以靜靜飄浮，有時候笑，有時候哭，有時候脆弱，有時候堅強。早晚的她必須以這個形狀面對海洋，像其他人接受她的按摩一樣，是坦誠與自己的身體對話。她已無法想像從前的她如何屈居於一個無法表達的肉體，綑綁於一個無法逃離的鐵城。她想起那個說想和她一起搬到島上的人，那個病重的人。那段日子，他們躲在家裡不外出，生怕一踏出家門病便好了。

〈病〉

那個房間有一排面向東南的窗戶，但全都是緊閉的，窗簾通通拉上，密不透光，兩人的汗水使房間的濕氣極高。他們互相擁抱、攻擊、躲避，在那不乾爽的床鋪上，對方的嘴是這地獄裡唯一有效的氧氣筒。尖張開濕答答的雙腿，心裡幻想被填滿的感覺，深處被頂撞得體無完膚的快感，她只能幻想，因為他們已失去了從前的力氣。

她內心有一處是討厭那裡的，不透氣的房間、濕透的頭髮令她常犯偏頭痛，她把陣痛的頭顱靠向那瘦得只剩骨頭的肩膀，在鎖骨以下的空隙使勁靠著，近乎能鑽進心臟地靠著。那顆心臟沒有反應，只有不住地冒汗，沒有汗珠，只有大面積的濕透、滲透、蔓延，從未乾透的衣服散發出奇怪的味道，一個不屬於他們的味道。他們知道那是一種病，有些人形容它為「思緒斷裂」，因為每個念頭只能停留一分鐘便徹底消失，除了「他們是相愛的」這個事實，兩人都無法忘記。這個病在他們居住的城市十分普遍，日復日壓抑的新聞，對立足街上的恐懼，習慣把一則又一則的壞消息遺忘，逐漸惡化成疾。

雖然沒有光線，他們卻偶爾能透過心情感知日夜的更迭。她早上心情比較好，晚上比較抑鬱，而那人剛好相反，晚上比較放鬆，早上煩躁易怒。也許在某個時空，他們可以一直切磋下去，她如此相信著。在一段隨時引爆的愛情裡，壓力令關係中的快樂變得轟烈，但時間久了，快樂少了，就只剩下壓力。然而她不想把壓力加諸於那個愛她的人身上，只能在有機會的時候抱緊一些，有溫度的擁抱可以令記憶持久一點嗎?生怕沒有下一次了，她每次都這麼想。

她需要氧氣，她需要聽不見聲音，她需要活在另一個世界。她需

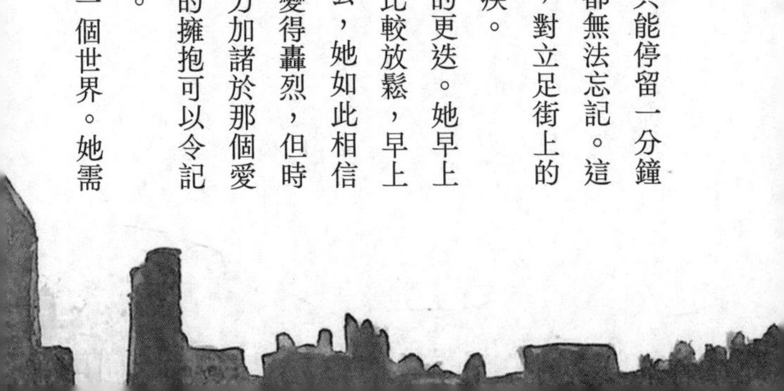

要溫柔的撫摸，還有，堅定的被佔有，永恆的不被遺忘。

她自小喜歡生病，小時候聽說發高燒會變聰明，長大後覺得生病沒胃口便能變瘦。她也許早已忘記這個病開始的原因，這兩人曾經都是會為一個念頭糾結很久的人，將事情複雜化，對自己和對方尋根究柢，辯論到底。

「你愛不愛我？」這個問題期待的答案從來不單單是一個「愛」字，因為它可以翻譯成「你快點告訴我你很愛很愛我，確認我是你最愛的人。這樣我才有安全感和信心和你繼續愛下去。」對炎來說，她很清楚自己深愛著誰，淡淡愛著誰，甚麼是不捨得延伸出近似還愛著的感覺，她對這些都很敏感。她清楚一個人的心可以同時愛很多人，只是比例會不斷變更，每一個前任在心裡都有個位置，會在某些時候變大、變小，但不會變不見。所以她深信那些人心裡一直還有她的位

置，無論多少年後。那些說只愛一個人的人，是在自欺欺人，還是對人性不夠瞭解?還是真有一種基因能讓人對從前的美好記憶免疫?在她患病前，這個疑問一直盤旋著。

一天炎從一位西藏朋友那裡得到幾根秘魯聖木，她聽說可以淨化空間、洗滌心靈。她開始在家裡使用，聖木不容易點燃，通常要用火燒一、兩分鐘才能燒成通紅，炎聚精會神地看著火從下而上包圍聖木，一種佔有的慾望，她想佔有那個味道，佔有所有煙團繪畫出的世界。身在俗世，為何要洗滌心靈，成為看不起骯髒的人，她知道墮落的快感，那種隨風飄蕩的自由，她知道，也不時懷念著。她跟西藏朋友說，她很驕傲自己是個思想不大乾淨的人，對每件事都上心，憤怒的、委屈的、貪戀的、不可原諒的。西藏朋友告訴她：「洗滌心靈不代表沒有重視的事情，只是有些執著可以放下，看見可以選擇愛和原諒的可能性。原諒別人，最終是為了原諒自己。」

「你要接受自己是小草。」她忽然想起一句她沒有聽過的話。八字命書說她是乙木，不同於甲木的參天大樹，她是小花小草，不會在高處受人景仰，卻能蔓延整個宇宙。也許是她在得知其屬性後開始起的變化，她沒有再希望成為一個有名的人，她覺得自己不適合當一個具影響力的人，她知道自己寫不出流芳萬世的故事，畫不出值得放在博物館的畫，唱不出膾炙人口的歌。但她也會懷疑如非知道了，她真的只想當小花小草嗎？

她分析世上有兩種小草：一種生在被其他屬性包圍的地方，終有一天被火燃燒、被水吞沒或被金屬砍掉；另一種生在只有小草的地方，不受打擾、自生自滅。她希望自己是後者，卻忘了她必須生於土。她爸爸屬土，在她九歲時意外離世。有人說木剋土，所以是她害的。記憶在空氣中懸浮過後，終究會被光影沖散。唯有夾，把媽媽跪在爸爸墳前痛哭的畫面牢牢記住，一輩子守住悲傷。那時候的她還不懂，只覺得墓地的樓梯很長，梯級很大，像媽媽那樣哭著走是永遠走不完的，所以她忍住眼淚，邊跑邊回頭看媽媽。

她想忘記這件事，像她忘記自己有個孿生弟弟一樣，弟弟是在媽媽肚子裡消失的，醫生說這叫「雙胞胎消失症候群」，意思是夾將弟弟吸收了。這對於重男輕女的家族來說，是一場沒有人敢提起的悲劇。不久後媽媽的肚子再次隆起，是妹妹。

那弟弟去哪了?有人說妹妹就是弟弟，有人說弟弟一直活在夾的體內。

妹妹叫攵，現在與外籍丈夫在國外生活，兩人都在銀行工作，她和妹妹的關係比較像好久不見的小學同學，會客套地問候對方，習慣了，便會客套一輩子。攵回想起來，自從她開始戀愛，便開始冷落妹妹。愛情佔用了她整個青春期的舞台，後台站滿每個階段的朋友，而家人卻連一張進場的門票也沒有，太多秘密藏在她自己的人生裡。她和家人無緣，她這樣解讀一切。

被煙薰到的地方濃罩著淡淡的白色，還有一絲絲黑色飄浮物亂跑著，像妖怪的尾巴。那股比檀木更濃的中藥氣味，真的是在吃掉房間裡的壞能量嗎？

「根據報告，炏的病情已經有了好轉，她現在能令念頭停留五分鐘，根據她思考的速度，五分鐘已足夠令她意識到自己當下的處境和回憶起過去相似的體驗。」藍衣人說。

「但要如何把她送回現實？」仌連忙問藍衣人。

她看著旁邊淡藍綠色的圓柱形水缸，缸裡除了穿著白袍的炏，還有一大堆水種植物隨水流飄動，炏頭上有個白水晶裝置，一直亮著紅光，在蒼白的臉上投影不流動的紅。

藍衣人看著手中的數據報告，「我們之所以用這個治療方式，是因為炏在水田浴裡不會受病困擾，讓大腦慢慢習慣正常的運作。水田的分子可以根據我們輸入的資料進行變化，透過漸漸調低分子的活躍程度，使她逐漸接近現實。現在進行了三分之一的治療，效果非常明顯，希望你耐心等候。」

「可以知道她在水田浴裡看見甚麼，經歷甚麼嗎？」

「每個病人都會看見不同事物，部分空間建構是依照病人內心潛意識的渴望。但由於對病人私隱的考慮，我們要將影像保密，將來由病人決定公開與否。」

夊離開這座名叫「水田浴治療所」的建築，江戶時代的建築風格配上高科技的投影技術，把門前平凡的街道變成一個巨型水缸，缸裡有數十種植物，還有一條好像在笑的鯨魚牽動著水的流動。每當路人或車子經過都會仿如置身其中。

夊想起第一次開車載著迷迷糊糊的夾來這裡的情景，手心冒著汗，感覺心跳的速度已超出了自己能承受的程度。

她曾聽說這家治療所專治精神受到暫時性或永久性傷害的患者，國外的病人都會爭相入住。半年前她從國外回來，一直聯絡不上炎，有天無意中看見新聞報導，那人在家裡自殺死了，才會直接找到那人的住處。她到達那陌生的街區時，看見街上每個身影都是炎，心臟產生了想嚎哭的震動。從青春期開始，炎身邊總是有各式各樣的人自殺離世，他們都是炎非常欣賞的藝術家。在仌眼中，姐姐和那些人是同類，他們努力投入喜歡的事情，但心裡一直清楚這地球上真正明白他們的人不多。

「我姐姐炎在嗎？」管理處擠滿了新聞記者，沒有人聽到仌的發問，於是她直接衝進電梯坐到頂層。幾名警察在某個單位門前站著，她再次問：「我姐姐炎在嗎？」警察問仌拿身份證登記，接著說：「現在你姐姐在睡房裡，但身體狀況很差，你知道她有甚麼長期病患嗎？」仌遲疑了一下，心裡想在睡房裡的會否不是炎。

她直接走向睡房的方向，看見炏滿身大汗躺在床上，雙目無神，全身發臭，是麵包壞掉變酸攪進藍芝士的味道，濕透的白色背心上有已乾枯後再被浸濕的血跡，下身只穿內褲露出一雙瘦削得快變形的腿。

走近一看，才發現炏雙眼周圍全是水珠，分不清是淚水還是汗水。那雙手臂上正在癒合的十幾道刀痕，凌亂的頭髮，猶如一具只欠失去呼吸的野貓屍體，她不敢相信眼前的是自己的姐姐。她一手扶起炏，這個從來比她胖兩個碼的身體，現在竟然只剩她能用雙手輕鬆抱起的重量，既陌生又可怕。

㳄向警察大叫：「我要送我姐姐去治療所！」警察一開始堅決要她放下姐姐，以免影響他們搜證。「以我姐姐現在的狀況，難道她可以殺人嗎？還是你覺得她這樣能讓你錄口供？」她向大門急步走，手裡的野貓皺著眉頭搖了搖頭，像正在一場惡夢中掙扎求生。

從來仌對快樂的認知，便是姐姐全心投入熱愛的事物，然後回過頭向她的方向熱情地招手，邀請她去看。一直都只有姐姐的邀請，而她卻從不打開自己的大門。職業是很重要的因素吧，姐姐做藝術創作，一直都有不同的作品與她分享，但她在銀行裡發生的所謂趣事，也只不過是面對語言不通的顧客、把錢轉錯帳戶而已。

木頭學不會融化，她很明白，但此刻她和懷中的野貓似乎有了相通的脈搏，促使她們在時代的地洞裡重遇。直至到達治療所的一刻，仌仍然有和姐姐玩模仿遊戲的錯覺，感覺火會忽然醒來說：「我扮病人，你扮醫生！」

〈菊〉

有一天阿全告訴㸚，島上來了位藝術家，叫阿楠，他覺得㸚應該會想認識她。他說她樣子看上去像四十歲，前陣子剛離婚，所以一個人搬到島上住。

這是㸚第一次走到楠住的地方，距離㸚住的地方需要走三十分鐘路，而且是不斷的上坡。

她穿著淡綠色連身裙到達村口，聞到一陣黃薑的氣味，沿著一段兩旁樹木都掛上不同深淺程度麻布的斜坡走，便看見一大幅黃色的布正在竹棚上晾乾，遠看像一片菊花花海，有時飄揚得像高高低低的山嶺，飄動的幅度，剛好有時遮住太陽，有時露出太陽，花蕊的疊影投射在㸚佈滿汗珠的額頭上。

淺棕色的眼珠中漸漸出現一個穿著米色麻質衫褲的背影，灰色的長卷髮伸出一隻夾著捲煙的右手。炏並沒有很想向那個方向走去，反而想仔細觀察黃布上的紋路，一圈圈像氣泡留下的腳印，讓她想起家裡一大籃未洗的衣服。

「你好，是送黃薑來嗎？」楠轉身問那雙忽然出現在布下的腿，炏連忙回答：「不是啊，我是住在島上的炏，來跟你打聲招呼。」她走向楠，附上尷尬來回揮動的右手一隻。她這才看見楠的臉，瘦小的臉上最引人注目的是攝人的眼神和深紅色的唇膏。一頭灰髮沒有洩露她年齡的意思，反而突顯她知性的五官。

楠說黃布是用島上的黃薑紮染的，她相信源自同一個地方的東西會有很特別的化學作用，就像曾經在同一個地方生活過的靈魂，可以輕易地在同一個頻道上溝通、傳遞能量。炏留意到她有想過弄熄手上的捲煙，但一秒猶豫後還是決定繼續吸，好像她知道她喜歡那個味道一樣。是櫻桃的味道，炏好像忽然對這人理解多了一些。炏提議楠用她工作室裡的香草絫染，使布匹擁有不同的療癒功效。楠很喜歡這個建議，更告訴炏她最喜歡的香草是迷迭香，炏則說她喜歡每一種香草，視乎心情和天氣。

然後楠拋下一個不知從何而來的問題：「你聽過最諷刺的話是甚麼？」突如其來的問題特別能令炏興奮，她看一看楠，再看一看遠方的海：「有些人說，裸泳是一件很奢侈的事情。這是我聽過最諷刺的話。」她發現楠正在思考，便連忙補充說：「簡單來說，裸泳不需要任何裝備，只是在現在的世界，它需要勇氣。但踏出了第一步，便會變容易了。」

「你會在這裡裸泳嗎？」

「會啊，每天早晚各一次。」她覺得眼前的夾是個特別的人，至少到目前為止，那雙介乎單眼皮和雙眼皮之間的眼睛裡充滿故事。楠把煙放進地上一個收集煙頭的大玻璃瓶裡，然後問道：「如果你可以改變人類一個觀念，你最想改變甚麼？」

夾迅速回答：「人看見胸會興奮這件事。」她總覺得對女性的身體來說，胸是一個天然的累贅，和其他器官一樣有自己的功能，像耳朵、手指、膝蓋一樣，卻獲得很不一樣的待遇，不知從何時開始被包裝成能引起慾望的東西。根據地球自然的地心引力，胸會像樹上的枝椏那樣，緩緩從橫向轉成向下生長。可是人們卻硬想逆著風把它留在原地、不許走歪。

夾接著說：「我常常會想，如果從小看的書和電影都把女性的鼻孔說成是誘惑之物，那我會否也逐漸對鼻孔想入非非？人們會否想盡一切辦法調整、修飾、包裝自己的鼻孔呢？」

「哈哈！在那樣的世界，女人便會天天戴著鼻罩！」「男人就不用嗎？」楠忍不住笑了出來，「在這島上很自由啊，你甚麼都不穿也可以，只要不要遇上性騷擾。」

「不會沒有性騷擾的，除非沒有性慾，但這樣人的生活便太納悶了。慾望之所以是慾望，就在於它難以控制，有性慾，就會有衝動或無法控制的可能。」

楠留意到炏沒穿內衣，天生瀟灑自如，人就該是如此的模樣。

走進楠的屋裡，以白色為基調的客廳看上去比炏的空曠很多。炏首先被一部氣場很強的東西吸引住，指著它問：「這部腳踏縫紉機還能用嗎？好像很有歷史的樣子。」

「還能用啊，它是我婆婆的。」

「你婆婆是裁縫嗎？」

「不是，她以前是護士，在鄉下幫人接生，縫紉只是她的興趣。我十幾歲的時候，公公婆婆搬到城裡住，城裡地方小，便沒有把縫紉機搬過去。很記得有一天我媽媽告訴我，婆婆鄉下的屋被賊撬門闖進了，電視、沙發、擺設都被偷走了。我第一時間問媽媽：『那縫紉機呢？』她說：『那又破舊又沒用，應該沒有人要吧。』我馬上問：『我可以要嗎？』我媽媽當然沒有理我，於是我找了表姐，找舅父，再找他還在鄉下的朋友幫忙，偷偷幫我運來。婆婆已經去世很多年了，但每次坐在縫紉機跟前，把腳放在這腳踏上，就好像坐在她身邊一樣，會想起她煮的鹵水豬尾，還有一手拿著話梅，一手拿著剪刀，把話梅肉混進切好的水果裡。」

「你婆婆一定很高興，你一直愛惜著她的縫紉機，還用它創作出這麼多作品。」

「其實有一個感覺一直藏在我心裡，她喪禮冷清的畫面，令我一直覺得很對不起她。」

「為甚麼會冷清呢？」

「她的朋友都在鄉下，搬到城裡後她行動不便，也就很少出門結識新朋友。她這輩子迎接過這麼多生命的來臨，偏偏喪禮卻如此冷清。」

「她在鄉下的朋友們一定和你一樣，一直惦記著她，她並不寂寞。你把她的縫紉機帶到這個美麗的小島上，就像把她也帶來了啊。」

「我也希望是。」

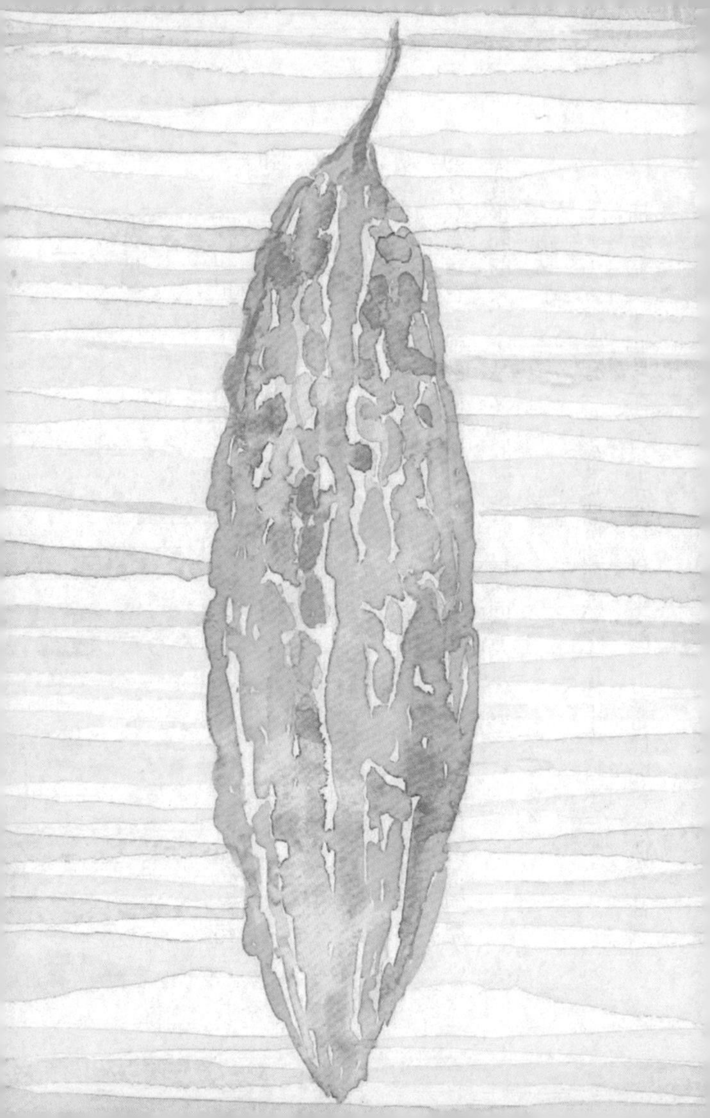

「你想現在去海灘嗎？」楠出現在㚒工作室門外，穿著灰色長裙和白色拖鞋。

「好啊！現在幾點了？」㚒正在把昨天收到的香草放到木架上，她一點都不注重條理，喜歡把所有空間都填滿，這邊塞點，那邊塞點，她相信地方這麼小，想找的時候必定能找到的。滿滿的，是幸福的。只有自己看懂的條理，也是幸福的。從前她愛上的每個人都對整潔有很高的要求，承受這股壓力是每次同居的代價。

「四點半！」

「對了，那邊有一些我為你留的迷迭香，你下次再來拿吧！」

楠看見一瓶瓶放在木桌上的淡黃色精油，好奇地問每一瓶有甚麼功效。

「對了，上次忘了問其實你幾歲？」

「你不需要知道，你覺得我幾歲就是幾歲。」一炎不想讓楠覺得自己很年輕，她一向喜歡和比她年長的人交朋友，從她懂事開始便是。有人說她必定是個老靈魂，她覺得自己是個擁有少女心的老靈魂，不斷轉世只為體驗青蔥的迷茫和瘋狂，到差不多四十歲便想離開人世。

她在角落裡脫掉棕色的上衣，只剩內褲直跑向門口，赤著腳往沙灘的下坡路狂奔，楠反應過來時已經晚了，只好皺一皺眉頭，跟在後面快步走。楠到達沙灘時，炎已與大海融為一體，她脫下的粉色內褲在沙上乖乖等著。楠把拖鞋放在內褲旁邊，穿著長裙步向大海。她想起自己已有兩年沒有游泳了，而住在島上實在沒有不游泳的藉口，今天忽然想重拾這個喜好，便主動找炎。

夾潛入水裡抱住雙腿，她今天想試試在水底思考，她覺得自己是一尊佛像，正漂流到一個考古學家的手裡。忽然一雙手把佛像抱起，浮到海面上。夾繼續緊閉著眼，雙手硬硬的凝固著。楠看不懂這個姿勢，雙手一放，把奇怪的形狀放回海裡，如同放生一條不認識的魚。夾感覺這種被流放、擁有、再被放棄的感覺，似曾相識。她忽然從佛像變成一片葉子，浮在海上，隨著海水的方向緩緩滾動。接著被攪勻——肉體被慢慢磨成粉末，水是毫不血腥的攪拌機，也許有血絲出現，卻很快無聲無息地被溶解。

這不是夾第一次和認識的人裸泳，雖然嚴格來說，兩次她身旁的人都沒有全裸。這次不同的是，她由始至終都旁若無人，也可以說是這三年獨處訓練的成果終於被証實了。記憶的反射原來是一幅強大的面紗，當習慣了裸泳是獨處的時光，無論海裡有多少人，她都只會聽見自己的聲音，感受自己的存在。一個人，原來這麼輕。從前一直放在肩上的重量，她眉間的深鎖，原來一早可以卸下。

幾年前的她連獨自到餐館吃飯都無法忍受，現在總算說服了自己：人是獨立的個體，思想即使相似也無法並行。平行的魚會互相擋住視線嗎？肚子發出咕嚕咕嚕的聲音，夾這才想起自己還沒吃晚飯。回到沙灘上，夾認真掃視楠的一身，濕透的長裙緊貼身體的形狀，扁扁的肚子在僅有的空間裡悄悄呼吸著。城裡人夢寐以求的骨感，在島上反倒顯得奢侈不實在，像吃酒店的甜點自助餐當正餐一樣。

她邀請楠到她家吃飯，她已想好可以煮個雜菜鍋和用剛收割的山苦瓜炒蛋，送糙米飯。愛吃山苦瓜的人，都是痛過，然後釋懷了一些。在夾眼中，楠在這方面和她應該很像。她每次吃山苦瓜，都會想起小時候媽媽第一次讓她和妹妹吃苦瓜，媽媽說：「吃得苦中苦，方為人上人。」妹妹堅決不吃，但夾很勇敢，將苦瓜沾滿鹽巴放進嘴裡，若無其事地嚥下。她希望媽媽知道她是個能吃苦的孩子，一個不用媽媽擔心的孩子。

當年她對爸爸的離世毫無準備，因此她從那一刻開始，便開始準備媽媽的離開。她每晚睡前都會在記事本裡寫一句關於媽媽的甚麼，有時候是一句媽媽說的話、一段對話、一個媽媽的小習慣、媽媽說好吃的東西。她會畫下媽媽臉上的黑痣分佈、掌紋、髮型、小腿肌肉線條等等。她還會幫媽媽錄音，說話的聲音、吵架的聲音、睡覺呼氣的聲音、煮飯的聲音、吃東西的聲音、走路的聲音。她不想關於媽媽的記憶消失，她知道最快消失的會是聲音的記憶，因為她很早便想不起爸爸的聲音。

〈緣起〉

炎很好奇，到底為甚麼她和媽媽的關係，會如此矛盾，明明很在意對方，卻夾雜這麼多排斥對方的細胞，就像明明擁有最親的血緣，卻是個永遠不吻合的器官捐贈者，就這樣看著壞細胞一天一天擴散。既然相剋，又如何偽裝相生。

一切的緣起，她一直以為純粹是八字相剋，或是因為她在媽媽肚子裡令孿生弟弟消失了。

直到有一天，她和家人吃飯，剛好坐在婆婆旁邊，不知為何說起她的八字。婆婆這才告訴炎，大叔公懂得看八字，他說炎是個會剋死父母的孩子。他提議爸媽把炎送給其他人，又教他們別讓炎叫「爸爸媽媽」這麼親，要叫「阿叔阿姨」。但他們沒有聽從叔公的建議，只採取了一個擋煞級別最低的方法，讓宊過契給姨媽，宊居然到二十歲才知道這些，尤其是姨媽同時是契媽這件事，實在是莫名其妙。但就在宊出生後幾天，爸爸便遇上一劫，投資損失慘重，更被公司誣告他私吞公款。婆婆幫忙當時正在坐月子的媽媽照顧宊，看著媽媽天天以淚洗臉，心痛如絞。

這真是宊帶來的厄運嗎？當大部分小孩都是上天派來的天使，宊卻是頭惡魔。是從那一刻開始，媽媽便對宊又愛又恨嗎？雖然沒有刻意找方法尋根究柢，但宊和各式各樣的大師總是有緣。

一位靈性療癒師，她說出了發生在宊出生前的緣起。

療癒師持續搖著手上的錐形水晶超過五分鐘了，有時向著宊搖，有時在白色本子上方轉圈，有時順著本子上密密麻麻的句子左右擺動。

「你想知道甚麼?」

「我……想知道我和媽媽的關係。因為我一出生,大叔公便查到我的八字會剋死父母,叫她把我送走,雖然當時她並不捨得,把我留下了,但自從爸爸過世後,她便會在生氣時衝口而出說我剋死了爸爸,更說我不久後會剋死她。到了現在,我做的大部分人生決定都與她的思想信念背道而馳,讓她更肯定我會把她活生生氣死。」

「這與你們的一段前世有關,在那一世,你們同住一條村,你因為通風報信,令幾家人坐冤獄,而你今世的媽媽就是坐冤獄的其中一人。那時候你跑到獄中向他們一一道歉,但他們都無法原諒你,然後你便帶著愧疚投河自盡。」

「我之所以這樣害他們,是因為我很自我中心嗎?」

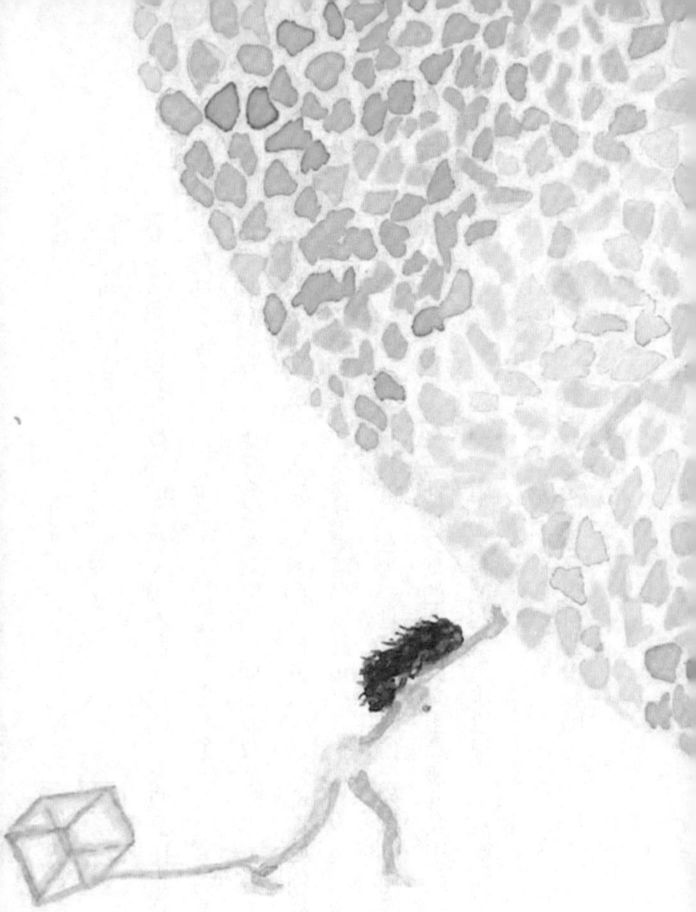

炎之所以這樣問，是因為她一直對於「做自己」和「自我中心」之間的界線很混淆，媽媽經常會將炎心目中的「堅持做自己」看成是「自我中心」。炎知道自己的不少選擇都會令家人擔心甚至傷心，但究竟會否確實地為他們帶來無法彌補的傷害，甚至死亡，炎是擔憂的。

療癒師邊向著右前方搖水晶邊說：「不要用『害』字，這是『它』讓我告訴你的。你只是『累』了那幾家人。因為當時你很天真地相信了一個人，將一切都告訴他，但那人卻不懷好意地去告發他們。」

「很奇怪，既然她如此恨我，為何還會安排我當她的女兒？讓她撫養自己恨的人長大成人？」

「很多今世有親密關係的人，都是因為前世有未化解的孽，才會在今世重遇。」

炎想起媽媽常說的一句：「我生你出來拿我的命！」

如果說投胎做哪家的小孩是由小孩自己選擇的，而她對前世是知情的話，她懷疑自己的確是不懷好意，偏偏選恨自己的人當媽媽，用她的母性威逼她疼她照顧她。又或者是犮的靈魂很愛挑戰自己，相信自己能用這一世的時間化解這個前世恨孽。犮比較希望後者才是宇宙的真相。

「千萬不要愧疚，那已經是過去的事情，更不要因為那段前世產生的愧疚，變成這一世要對媽媽好的理由。你媽媽很愛你。但她也很怕你……很怕失去你。」療癒師續說。「你願意清除那一世的經歷，和它所帶來的影響嗎？」

「我願意……意思是我不可以提起，對嗎？」

「不是，我現在可以幫你把它清除掉。」

犮幻想她眼前有一個透明的正方體盒子，裡面充斥著深灰色的煙霧，還有淹死她的骯髒河水、監獄的鐵鏽味。

「我願意。」一然後錐形水晶吊嘴一直隨著銀鏈高速轉圈，把盒子團起來，圈子愈縮愈小，那段讓癸愧疚至死的前世就這樣煙消雲散了嗎?她的心裡還有那份愧疚嗎?

〈高潮〉

「你有試過高潮嗎？」

「有……第一次我閉著眼看見一朵半開的白色花，邊旋轉邊綻放。」

炎和楠坐在一幅用不同白布縫在一起的大布上，楠低著頭用白線修補布和布之間的小縫，摸找、瞄準、拉長、再瞄準。

炎其實不想回想起擁有高潮的過去，因為接踵而來的是更多谷底的記憶。那把象徵青春的呻吟聲彷彿已離她好遠好遠。生活會侵蝕曾經的氧氣，最終發現那只是塵埃。現在的她只剩下稀疏的記憶，彷彿用梳子輕輕一梳便會全掉清光。她告訴自己，偶爾有好的記憶浮現是不錯的事，但千萬不要鑽進去，千萬不要繼續挖掘。她迫使自己將精神回到當下——夕陽把半個房間曬成金黃色，楠的半邊臉，角落的半部縫紉機。楠的頭髮上有一塊不經意停留的白巾，布邊分散開來的白線纏進卷髮，那段停留在半空的婚姻，如此存在著。炏一直不敢多問，絕不提起婚姻相關的一切。

在這島上的人有兩種，一種不會提起在城裡的過去，另一種就是一出生便在島上。炏覺得只有現在和未來的地方是幸福的，可以把一切挫折失敗付諸一笑，不會有人抑鬱，也不會有人自殺。

炏看著楠不時放鬆雙腳，把布當成鼓，雙腿連續輕輕打著，放鬆的腳是最有生命的，炏喜愛看。楠說她從未用任何方式脫毛，但腿上幾乎一點毛都沒有，手臂上也是，也許是很少雄性荷爾蒙的關係。

「累了就躺一躺吧，這樣彎腰太久對脊椎不好。」炏忽然發現自己撿起了母親的語氣，對著一個年紀比她大的人，感覺是靈魂在說話。楠吸一大口氣，一呼氣便整個人躺在布上。

「好累……這幾天你為了陪我做這個，晚上都沒去游泳。」

「那是不是不想我陪？」

「我其實沒所謂。」

炗知道沒有甚麼存在是必須的，她不應再成為誰的陪伴，那是她離開那間濕氣房子時拿著的答案。於是她裝作大方地說：「那今晚我早點回去，明天那隻流浪貓接受檢查後便會送到我家。」

「你幫她改名字了嗎？」

「最後情人。」

「為甚麼？」

「因為這隻小貓是我最後的情人，我最後的陪伴。」

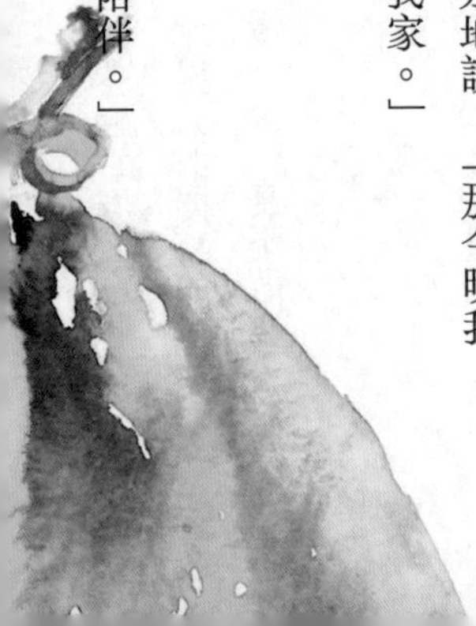

她會在這小島度過餘生，她這樣盤算著，她曾想過可以生小孩，因為喜歡嬰兒的獨特香氣，但對於自己能否成為一位母親，最大的決定因素是能否和自己的母親和解。如果她搞不懂為甚麼媽媽會不愛她，她根本無法相信她會愛自己的小孩，她害怕把自己的缺失和不幸複製到另一個生命。因此她曾幻想自己當一位代母，只給愛和營養，不遺傳基因。但這暫時也行不通，因為那些她曾經很滿意的男女，都已在她面前露出破綻，既然不能確保製造出一個善良幸福的人，她寧願放棄對那香氣的追求。

在回家的路上，她再次想起幾年前那個生病的人，那是她一生中最接近結婚生子的一段關係，那股聖木的味道又出現在鼻子的意識中。

每次深夜收到奇怪的照片，她無論在哪裡，都會往那人的地方跑去，跑去以後其實並不知道應該做甚麼。她會首先點燃一根聖木，然後陪他躺在床上，一邊包紮傷口，一邊靜靜看著那人呆呆的臉，直到第二天中午才離開。

有人告訴她結婚生子也許能治療他的病，為了令他痊癒，她願意一試，於是答應了，但那時候她其實連搬到那人的家住也不願意。或許就是這個決定，一個腐爛的蘋果，進入了糾結的大腸，直接吞噬胃裡所有健康的細胞，在夾的體內捲起既陌生又熟悉的病。她被傳染了，無法抓住任何念頭，一開始只是簡單的賴床，後來明顯是甚麼事情都做不了，連到診所買藥都辦不到。一瓶瓶快要掏空的棕色藥瓶，令她難以平靜下來，沒了藥，就永遠沒可能好起來了。

早上會被太陽曬醒的房子都是好房子，因為吸收了清晨太陽的能量，而那個房間，鄙視陽光，拒絕希望。兩個病人的同居生活，像兩個路痴在森林裡無止境地並肩，浪漫轟烈而悲涼。

人總期望每次離別都有告別，也許畫面是在醫院牽著手，也許是在家裡的床上，可是現實往往並非如此。你沒機會把話說完，沒機會來一個深刻的擁抱，沒機會聽見誰的告白，只有匆匆的哭泣和呼喊，傳進了時空的山洞後聽不見迴盪。

「一切都會過去的。」每次跌進谷底的炎都會聽到這句話。炎並非一開始便愛上一個病人的，雖然根本沒有誰完好無缺。

炎知道這都是年輕的錯，自私的錯。但人能修正年輕、刪掉自私嗎？所以錯誤還是會一直存在，蚊子滋生了看不見沒關係，但直至飛到眼前，她不得不想辦法解決，既然情況已一發不可收拾，她便覺得唯一的方法是把整盆花丟掉。每次當她看見飛蚊的殘影，都會幻想自己終有一日被殺的畫面，看見自己嚎哭跪求別殺她，然後說服自己也許只是飛蚊症發作，繼續笑著開花，每天開得更大一些。

你有見過一隻淺藍色、近乎透明的蝴蝶嗎?夾覺得她的靈魂曾經和那隻蝴蝶有很深的緣分，而她是一株橙紅色的野花。然後接著的三生三世，他們幻化成不同的形態，擁有不同的際遇，但每每能在最需要彼此的時候相遇相知。這一世，只怪他們相遇得太早。

花，終於開到了這一天。

那年冬天，夾和那人到達了一個終於可以吸一口氣的國度，雖然空氣比往常的寒冷，但至少可以大口大口地吸。夾在廚房準備一鍋熱湯，那人外出買點蔬果，很快會回來。她看著窗外的山坡和夕陽下一點一點發亮的紅果子樹，這種清幽的生活畫面，真是得來不易。

如果不是煲著湯，她最愛在日落前走到屋前，坐在河邊太陽曬到的位置，融冰滴滴答答從木桌滴在泥土上，偶爾會有像小水晶的冰塊「嗒」一聲墜下。水晶會在地上停留一段時間，盡收陽光的精華。光線統一從太陽處射下來，小草和長針形的枯葉混在一起，指往不同方向。河水一貫朝著日落的方向流去，沒有不捨，繼續安心地流動。

她想起從舊城出發當天，那人蹲在車子的前座底下，夾則連人帶紅色背包平躺在後座地上，晨光逆著車子前進的方向射來，她忍不住從前座縫裡偷看了一下日出，一片金盞花的橙黃，示意著另一國度的開展。她先在一號客運大樓下車，而他接著在二號客運大樓下車，而共同的任務就是確保在沒人跟蹤的情況下坐上飛機。眼前是熟悉的機場，但一個個面孔都變得可疑，她觀察著每個人的行為，路過的眼神、喝咖啡的速度、說話的口形、群體間的氣氛。

心跳得很快。

已經有很長一段時間，每當她獨自走在路上，她會不自覺地尋找那人的背影，就像在森林裡追蹤藍蝴蝶一樣。很久以前的那個晚上，她幾乎喪失了從小累積下來的勇氣，身體沒有一部分能助她抵抗、辯護，就那樣捲著身子承受一支支被她放大的箭插入靠近心臟的位置。那人雙手捧起她哭得亂七八糟的臉，她感覺自己是一隻等待那人用針筒餵藥的病貓，沒有一絲掙扎的動力。

那人說：「你要相信這個搭配，如果你不信，它便不會是好的。」對，不信的人太多了，但若她也變成了動搖的人，那豈不是要他獨自支撐所有的質疑和批評？那時候，他們身上都有太多罪名，但她仍是個不堪一擊的小孩，一邊想長大，一邊眷戀他溫柔的呵護。

那人問炎希望他有多長命，炎說：「一定要長一點，就活到五十八歲吧！」當時的他剛過完四十八歲生日，當然覺得五十八歲很短命，但她堅持。其實是她有私心想當他的「最後情人」，又沒有信心能讓他繼續多留在自己身邊十年。後來她才發現十年對他來說是瞬間的事，炎當時無法理解，因為她總覺得她是用了五百次輪迴的力量才從十歲長途跋涉地爬到二十歲，無數的背誦、溫習、考試、暗戀、失戀，都是難熬至極的試煉。那時候的她想，人多少都不希望自己愛的人落入別人手裡吧。跟她在一起，然後愛著她老去死去，這不是咀咒，是她內心過剩的佔有慾。人經常會幻想自己愛的人的死亡，多少也是這個原因吧。

濃湯在鍋裡滾動的聲音陪伴著炎畫畫，溫柔卻有力，是一份安分守己的心動，像最初的他們。她曾衝口而出說：「在我們重遇的那一刻，我有閃婚的衝動。」然後那人回答：「如果今生我要閃婚一次，我不介意那個人是你。」這是情到濃時的話，當中的激情、衝動、魯莽在許多年後已經煙消雲散，但幸好，他還在她身邊。

是時候去看看濃湯的情況，豬肉的油脂浮到圓鍋的邊上，留下一條條崎嶇的山路。他們剛抵達這裡的機場時，內心害怕被追捕到，那個會將整個新世界毀滅的跟蹤者。她拖著行李箱向著他的全黑私家車跑，右腳手術後的傷口緊閉著，左腳肌肉發力，一個不對稱的身體，就這樣全速朝著打開的車尾箱，差點連自己也飛奔進去。

後來那人才告訴她當時他全程看著倒後鏡，雖然心裡不斷嚷著要她加速，但還是忍不住嘲笑她跑步的英姿。夹的屁股剛碰到座位，門都未關他便開車，連闖了幾個紅燈，直至倒後鏡裡一輛車都沒有。然後那人駛上一條山路，心跳滾過路上的石頭，行駛的方向跟事前計劃的完全相反，他們停在一道通往廟宇的石梯前，輕輕碰著彼此的掌心，生怕一用力便會啟動甚麼偵測器。他們的心情浮走於安與不安之間。

十分鐘過去，那人決定開往一條名叫「探險路」的路，但那裡有甚麼呢？他說不知道。對於又要重踏這片土地，她心裡有一種絞痛，因為這裡曾是她覺得最自由的地方，自由得改變了她整個人生。回想起來，有興奮，也有一股隔著幾層棉被的陣痛，在子宮上方，貼近心臟，跳動，痛。她怕，她的人生又會進入另一個階段，也許已經進入了，只是改變住址似乎是一條特別明顯的線。社交媒體經常隔幾天便提醒她三年前、五年前、十年前的自己，曾經親密的人，一段段已經割斷的緣分，即使過了多久，還是會有點介乎留戀和惋惜之間的情緒。

〈缺失〉

當成為一個逃走的人，好像自然而然變成了帶罪的人。犮是一個在生活上不怎麼認錯的人，一切事情都有它發生的原因，她之所以會這樣，是因為那樣，而之所以會那樣，一定是會有原因的。她堅定地認為，根本沒有所謂的「錯」，只是基於已有的千絲萬縷，加上她的一筆才發生的，而大部分人，總在畫那一筆的時候被發現，警號響起，彷彿自己的脈搏也足以令世界錯得翻天覆地。在無數人眼裡，她是罪人，那人是罪人，他們都被錯誤踐踏得一文不值，即使被流放到荒蕪的冰天雪地也沒人憐惜。但事實是，他們是最幸福的難民，荒謬世界的僥倖者，至少到那一刻為止。

「重遇」那天，那人拿著一本書在犮面前走過，沒有特殊的表情或香氣，卻帶有一股熟悉的氣場。她注視著那本書的封面愈走愈遠，像日落時分山脈邊緣的橙光漸漸變成幼線，然後瞬間消失。烎盲目向他消失的方向走去，近乎透明的蝴蝶鑽進了山林，她至今仍難以想像當時是如何找到他的。黑色的西裝外套，高挑的背影，一轉過身，是白襯衣和棕色的花紋領帶，偽裝的鬍子和復古銀絲眼鏡下，居然藏著她記憶中模糊的五官。

那震撼，其實在烎的夢裡上映過千千萬萬次，卻依然抽空她體內每道流動的血管，那一刻，她失去溫度，失去思考，失去呼吸。她真的看清了嗎？她該如何演出這場相遇？這比她過去演過的任何戲都困難。曾幾何時她有一名戲劇老師，要求班上的同學演與故人重遇，大部分人都會幻想重遇好久不見的舊同學或舊朋友，共通點是能用很短的時間認出彼此，即使猶豫，也只是片刻。

但這個真實的故人，他的出現不合常理。難道這是那人的一場把戲？難道她只是一直被騙了？也許那人曾在夾低頭看手機的瞬間，在她身邊來回過千百次。他們沒有早一點「重遇」，或許是手機的錯。但她再小一點遇見他，當時的他會怎樣看她？他們會作出甚麼決定？

「請問是李東方先生嗎？」可能夾太小聲。「請問是李東方先生嗎？」

鬍鬚轉過頭來，黑白灰的毛髮中有夾呼出的二氧化碳流過，然後又被她吸回來。那是偽裝的把戲！

「不是。」那人這樣回答，但沒有馬上轉身離開，好像想讓她好好細看，或許他也在打量這個路人。

她想起伯父一家參加爸爸喪禮的情境，夾第一次認真觀察伯父的臉，每一處和父親能連上關係的細節。伯父比父親矮和胖，皮膚比較黑，但眉毛是相似的濃密，而大鼻子是最像的。眼睛，父親的比較細長，較能在妹妹臉上找到影子。她不得不承認，曾經想過很多次，要從堂姐身邊偷走伯父，讓自己感覺沒有缺少了誰。雖然沒有誰可以真的頂替爸爸，但她還是想畫面上有種完整的感覺。總有個感覺，她是為了平衡缺失而繼續呼吸的，為了說明一切缺失都不足以把她置緒死地。

在小時候感受到缺失的人，較早學會閱讀情感，因為大多細膩複雜的情緒都來自於缺失。在這種敏感中成長的人，有的會變得情緒泛濫一發不可收拾，有的會幸運地掌握到收放自如。犮覺得自己的狀況是在兩者之間，並努力地想往收放自如的境界發展。這也是犮喜歡戲劇的原因，她享受把情緒當成乒乓球，接收、發放、再接收、再發放，雖然有時候會接不到球，有時候會把球打到地上，但她相信時間久了便能練成收放自如。有時候，一些外力也能助她收放，例如海洋。海洋的廣闊與律動，總能讓她不再抓緊內心那股讓她窒息的波動，放眼大環境中的平靜。從小暈車浪的她，因常避免坐車而愛坐船，很浪漫地覺得自己屬水，後來才知道她八字中完全沒有水，所以其實她是缺水，補水也許對她有實際的作用。

那一刻，那人的否認，讓她無比遲疑，彷彿她剛叫了伯父一聲「爸」。但當她回過神來，發現他被她緊張得收縮的五官嚇呆了，她才緩緩放鬆眉頭，但依然停不了注視他。

炎心想：太奇怪了，他們，和這個世界。

「你知道你身上有傷口嗎？怎麼還亂蹦亂跳？」炎問最後情人。

也許炎低估了貓的復原能力，以為貓會像人一樣，謹記身上每一處傷口。小時候經常被媽媽用拖鞋或衣架打，炎的腰、屁股、腿上都曾有過傷口。永遠不能遺忘的一次是打在臉上，她的左臉頰，深紅色的傷口留在左臉頰，幾個月都不肯散去，更印證在一張小小的學生照中。

長大以後，她不怕痛，因為她知道剎那就會過去，就算那剎那持續幾小時、幾天、幾個月，回頭一看也只不過是片刻的事。有些疤痕是長久的存在，但不可怕。能夠超越時間的疤痕，是胎記。上輩子的死因，致死的傷口。炎身上沒有胎記，對，如果上輩子她是跳河自盡的話，沒有致死的傷口是很正常的。而那人的胎記在手腕上，淺啡色的。她常常幻想假若自己有這麼一個胎記，時時刻刻告訴自己可以用這個方式離開塵世，她會有多少次忍不住重蹈覆轍。

自殘或自殺的念頭不是夾腦袋的常客，但總在她不能獲得別人理解的時候出現，那個「別人」並非任何人，而是愛人。也許這些衝動想輕生的因子，都是從她投河自盡的那段靈魂記憶殘留在體內的。她能感覺到「當時的她」之所以會作出那個選擇，不是想自己獲得解脫，而是逼切地想被明白、被原諒，被理解她痛苦的程度，罪惡感的沉重。

幸好這一世，在那些幾乎失去理智的時候，思考總比行動更快趕到她的神經中。她會想，即使她的死能令不理解她的人內疚，但那不代表她被理解了。「如果我生存的目的只是被理解，其實我一早應該死去，既然我已經活到這個時候，就讓我繼續我的瘋、我的狂！我需要的不是一個永遠信任、永遠理解我的人，而是一個永遠理解、同情、放過自己的我。」炎想，她暫時做得不錯。

「她就是那個戀父的女孩。」這是那段時間她聽得最多的一句話。她知道是甚麼讓他們這樣說，但她又能說甚麼呢？「罪人」是永遠的啞巴，這是文明社會訂立的規條。「罪人」親口說的故事有意義嗎？炎知道是沒有的，除了滿足八卦的人性渴求外，所有充當法官的人都會充耳不聞。她很清楚，因為她亦曾充當法官，把懷疑放大成斥責，然後直接跳到最終審判，期間無論對方說甚麼，都只會幫助延伸她的懷疑，加速她的審判。

對炎來說，事情很簡單很單純，卻被套上「戀父」的罪名，平時拿來開玩笑的兩個字，原來能變成如此刻骨的包袱。

一條鯨魚，連接著一個小島，畫在一幅用不同深淺、質感的白布縫在一起的大布上。

炎留意到楠已經好一陣子沒有找她了，所以特地在午飯後把家裡的熱情果果醬帶到楠的家。楠原來正準備外出，手裡拿著一卷大大的布。「我要帶著這幅你和我合作完成的畫布去城裡參與一個大型反核反戰集會，你有空可以一起來呀！」

「城裡嗎？」

炎從來沒有想過要再次踏足舊城，但又對楠的表演很好奇。她看了看自己一身原始人的裝束，楠馬上明白她的煩惱，便說：「這樣穿很有感覺啊！如果你不想露臉，我們有不同動物面具。」

炏按捺不住好奇，和楠一起坐上阿全的車，她摸著白布，像安撫自己興奮又緊張的血管。楠開始簡介這場大型集會，近兩千名來自世界各地的環保人士一同聚集在碼頭附近的主要街道，搭建不同部落色彩的帳篷。楠興奮地預告會在那裡看見的事物，有大合唱、部落舞蹈、原始工藝、裝置藝術、行為藝術等。炏這才發現自己原來已坐上這艘幾年前把她送到島上的飛翔船，以為是堅決的單程，卻被阿楠輕易把她推上回程，她不斷告訴自己：「這是去程！這是去程！」

船上的五、六個人都在準備睡覺的狀態，集體午睡是一件幸福的事，像回到幼兒園。彷彿睡眠就是生命，人愈大需要的睡眠愈少，所剩的生命便愈少，直至死亡，才久久的睡去。為了遠離死亡，她感覺自己也應該午睡一番，她閉上眼，忘記這艘船，忘記目的地，忘記……自己已進入夢鄉。

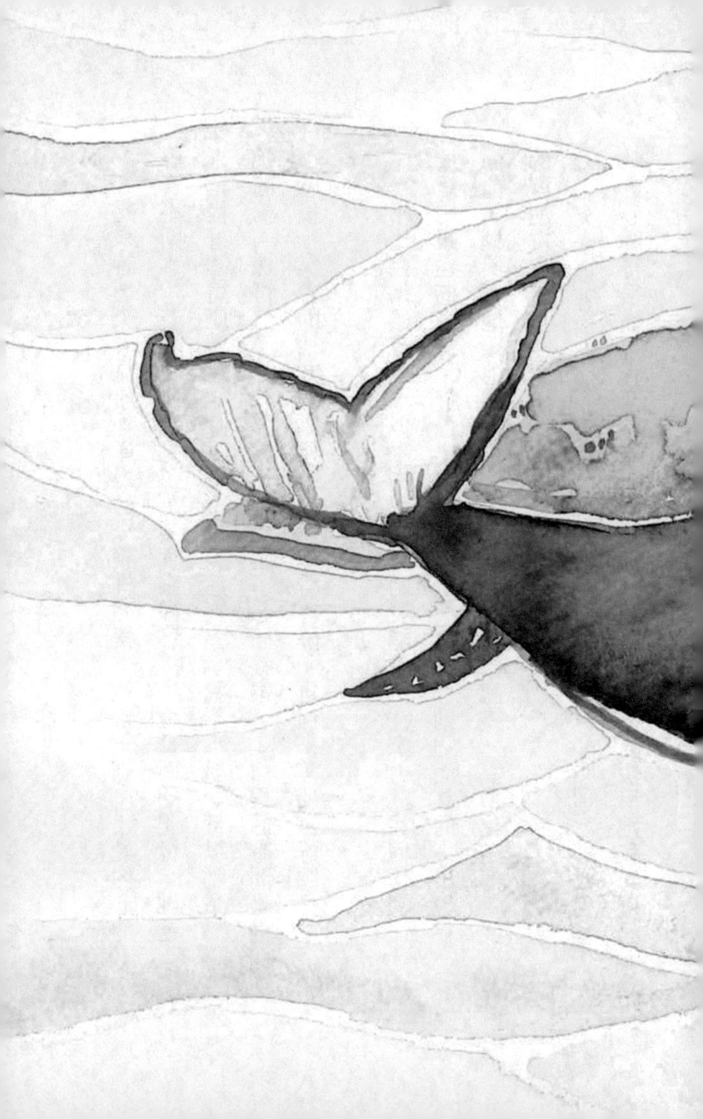

醒來時，炎看見船外岸邊的一整排高樓。後悔了吧——她內心的聲音不斷——若非再次看見了，其實腦裡已沒了這畫面的記憶，她還未準備好讓這座城在她身上留下更多疤痕。「我不下船，可以嗎？」她問楠。楠愕然了一剎那，但很快給了一個答案，「回程的時間是兩小時後，集會的地方離碼頭不遠，你看一陣子再回來等船，好嗎？」

相比在碼頭流連，似乎去看看熱鬧更能不把注意力放在回憶裡，於是她跟在楠身後，慢慢走，慢慢走。一群戴著動物面具的人出現在面前，楠興奮地跟他們打招呼，介紹炎跟他們認識。「這位是海，我的好朋友。這位是炎，我島上的好鄰居。」

炎緊捏著拳頭放在身後，恐懼充斥每條血管。眼前一切迅速移動，心跳得很快，直至有種被扒開的感覺。大腦不斷快播她和身邊的事物，一個個動物面具似乎都掛著和她一樣的徬徨表情。為了平衡混亂的思緒，她不由自主地動得很慢，但在感知裡那是正常速度。她的感官被無限放大，感覺自己的手指變得肥大，指頭與地板的接觸裡有劈哩啪啦的煙火，清晰的氣喘聲充斥整個頭顱。轉過頭，那人在浴缸中睡去的畫面在街頭的大屏幕中出現，血溶在水裡使她全身發抖。

她記起了那件事的發展經過，她睡醒的時候發現那人不在身邊，但迷迷糊糊地回到睡夢裡。再一次醒來時，她感到心頭一陣空盪盪的不安，於是她走向客廳，不知道甚麼時候開的空調，令整個空間變得冷冰冰。她不斷往後退，她不願出現在那個當下，不想走向惡魔般的浴室——她用沙啞的嗓音大叫了起來，邊顫抖邊哭泣，像很久以前的某一天，她向著床上那人大喊大哭，捏緊拳頭快要打向那熟睡的臉上，因為她夢見那人愛上別人了，夢境真實得讓她不得不投入情感。

「你們走開！為甚麼要把我帶來這裡？我要走啊！」一眾牛鬼蛇神再次向她靠近，她感覺肚子裡有隻妖怪，正用電鑽折磨她，讓她躺在地上亂踢亂動。

她睜大眼睛，自己已回到海裡，僵硬的身體回到熟悉的海裡，原來會有股受寵若驚的震抖。她檢查自己的身體，環視四周空無一人，很安全。淡淡粉紅色的日落安撫著天地間一切靈魂，讓鳥兒若無其事地飛翔。她也可以若無其事地活下去嗎？

楠從遠處走來，「你忘記約了我今天按摩嗎，怎麼來了這裡？你還好嗎？」她一手拉住炏，用外套包住濕透的她，緊緊扶著她離開沙灘。炏不確定自己經歷了甚麼，猜想是舊病復發吧。她邊看楠那皺成珊瑚礁的眉頭，邊默默感激這份來得及時的溫暖。

〈炭烤魚〉

炏回到家，一桌的烤魚和蕃薯已準備好。原來是楠一早煮好帶來的，沒上鎖的門在小島上只會迎來禮物。小貓最後情人在角落吃著最愛的羅勒南瓜煮雞肝，是炏教楠做的。最重要的步驟是蒸雞肝時滲透的汁液，必須留下來淋在蒸熟的南瓜上，很明顯阿楠有用心記住。

從前病發的時候，她會想像有個人忽然出現，一個明白她、願意照顧她的人，那麼她便會有重生的動力，離開身邊那個病入膏肓的牽絆……但那個人終究沒有出現。此刻，她很想擁抱眼前這個溫暖的人，但她知道，是因為太孤單了，才會對一個離婚婦人產生幻想。她內心一個個黑洞，都不知不覺被阿楠填滿，接著是不受控的朝思暮想。她曾幻想兩人在沙發上聊天聊到深夜，然後她說「這麼晚就留下來過夜吧」，她說「好」，她們說挑逗的話，她們親吻，她們抱著睡覺。

「你先吃，我想晚點吃。」夾其實想表達對楠的感激，卻生怕一說便會說出一堆亂七八糟的心底話。

「我剛才已偷吃了幾個蕃薯，我也可以晚點吃。」

「哈！偷蕃薯。那我先去換衣服，然後幫你按摩。」

「不用急，你也休息一下吧。」

「在按摩床上等我。」

楠把一條毛巾鋪在床上，另一條包在身上，雙手很小心地穿過吊帶，輕輕把裙從毛巾裡往下拉，直至一團亞麻色掉在地上。夾遠遠看著，連忙換上乾爽的衣服。她用楠手做的藤托盤把精油整齊排列好，迷迭香、薄荷、羅勒、檸檬、岩蘭草和薰衣草。她只有緊張的時候才會注重整齊，她怕讓楠發現她的不正常，馬上倒了一點薰衣草精油，塗在太陽穴，讓自己鎮定下來。

來到楠平攤的背前，那微微隆起的右背肌是她熟悉的，每次她都會用大半個小時和底下的筋骨切磋武藝。右背肌中有一條主管憂慮思考的筋，在經常胡思亂想、想像力豐富的人身上，通常都腫得像香腸一樣。炏自己那條也是，所以她閒時便會用左手沿著右肩在筋骨間來回按摩。她喜歡聽見筋被彈動的聲音，一個個打結的憂慮，等待她一一化解。

「人一輩子刻意隱藏的悲傷，都藏在雙臂中，你知道嗎?所以平日要多揮動雙臂釋放一下。」炏用右手輕按楠的肩骨，另一隻手拿起楠的左手，十指緊扣，然後兩人的左臂一同緩緩轉動。一圈、兩圈、三圈……彷彿轉動著楠心房上的鑰匙。

「你的手總是這麼燙嗎？」楠朝著那個圈住臉的洞發問。

這是夾常被問的問題，她想起從前牽過的所有手都比自己冰冷，除了媽媽，所以她非常習慣用自己的手暖化別人。「對，從成年開始一直都是。以前看的中醫說我情緒太敏感，在體內積聚了很多憤怒。」

「一點也看不出來，所以你現在還有怒氣嗎？」

「當然看不出來，人習慣隱藏，動怒很容易，發怒卻很難，因此每個人都有埋藏在深處的怒。所以我常常游泳，人的身體有70%是流動的水，游泳是讓身體回家，最放鬆的狀態——別說我了，你全身肌肉這麼繃緊，也不可能是甚麼溫馴小綿羊吧！」

「我對生活上的小事情比較沒有執著，但對大是大非很易怒，例如昨天看到新聞說有個國家還會鞭打同性戀者，我對這樣的落後思想是零容忍度的。為何錯不在他們，但他們卻是要被原諒的一方。」

吹邊按邊聽，她也許一直把這失婚女人的內心世界想得太狹窄，現在倒想幻想一下她或許有過的經歷。

「唉，我想坐起來抽根煙。」

〈自由式〉

楠手遮在胸前，走到飯桌拿打火機。背著炏點煙，然後回到按摩床上，用腋下夾住毛巾。炏幫她按摩肩膀，她刻意把煙吹向窗外，讓即將到來的夜幕接收她無處宣洩的情緒。

她凝視著窗邊掛著的畫，問道：「為甚麼你喜歡把海水畫成一塊塊碎片？」

炏想了片刻，反問：「那為甚麼你要把不同的白布縫在一起？」

她一直把煙圈送往黑夜。「其實我一直沒有告訴你我身體的一個缺陷。」

「我想我已經知道了。」

「你知道甚麼？」

「你沒有乳暈，乳頭那裡一片空白——」

「你甚麼時候知道的？」

「第一次見你的時候，你穿著寬鬆上衣，我不小心從衣袖的洞裡看見。那時候你還問我最想改變甚麼事情，我便立刻想到人看見胸部會興奮這件事。」

「所以你那時候內心很興奮嗎？你不覺得奇怪嗎？」

「是特別吧，穿衣服很方便啊！小時候你會懷疑自己不是人類，是機械人嗎？」

「我以為自己是Barbie，所以一直很討厭看見Barbie。你是世界上第二個知道這個秘密的人。」

「那……一片空白的地方有觸覺嗎？」

「沒有，也許因為如此，我對性一直沒有很大的渴求。」

「才不會，人有很多不同的敏感部位。我從前對性是到了沉溺的程度，每晚都要才睡得著，嚇跑過一個男生和一個女生。」

「哇你好誇張，你有懷疑那是一種病嗎？」

「我一直覺得自己是太缺乏愛，才會變這樣。最近我分析出另一個原因，小時候媽媽睡前幫我抓癢，長大後我要做愛才能睡著，現在我每天幫人按摩，都是同一回事，你明白嗎？」

「好像明白。」

「還有小時候媽媽只打我，從來不打我妹，長大後我喜歡做愛的時候被打，愈痛愈好，愈能感到滿足。後來我發現自己對身上的穴位很敏感，也對不同痛症感興趣，於是開始鑽研按摩。它不是病，所以所謂的『痊癒』，只是取代和被取代，像溫度傳遞的物理。」

「你是甚麼時候作出這些分析的？」

「都是我裸泳時想到的，那些甚麼都不想的時候，會想通很多事情。有一次海水忽然在我背上靜止了，我忍不住晃了一下想喚醒她。那讓我想起小時候媽媽習慣幫我抓癢哄我睡覺，但總是比我先睡著。我才發現我對身體接觸的依賴是從那時候開始養成的。」

楠一邊聽，一邊嘗試回想自己不一樣的童年。夾在楠額頭放一條小毛巾，剛好遮住她的眼睛：「煙應該閉上眼抽，才能真正享受，你一直太習慣同時做很多事情。」

「還真是第一次閉眼抽煙。」

「你專心點抽，每根都在危害你的健康，千萬不能辜負它。」

「放心，你這樣說我還是戒不了煙的。我的健康全靠你拯救了，你的按摩不是可以讓我長壽一點嗎？」她說著說著便往後靠在夾的胸口上：「你幫我按摩可以閉上眼嗎？」

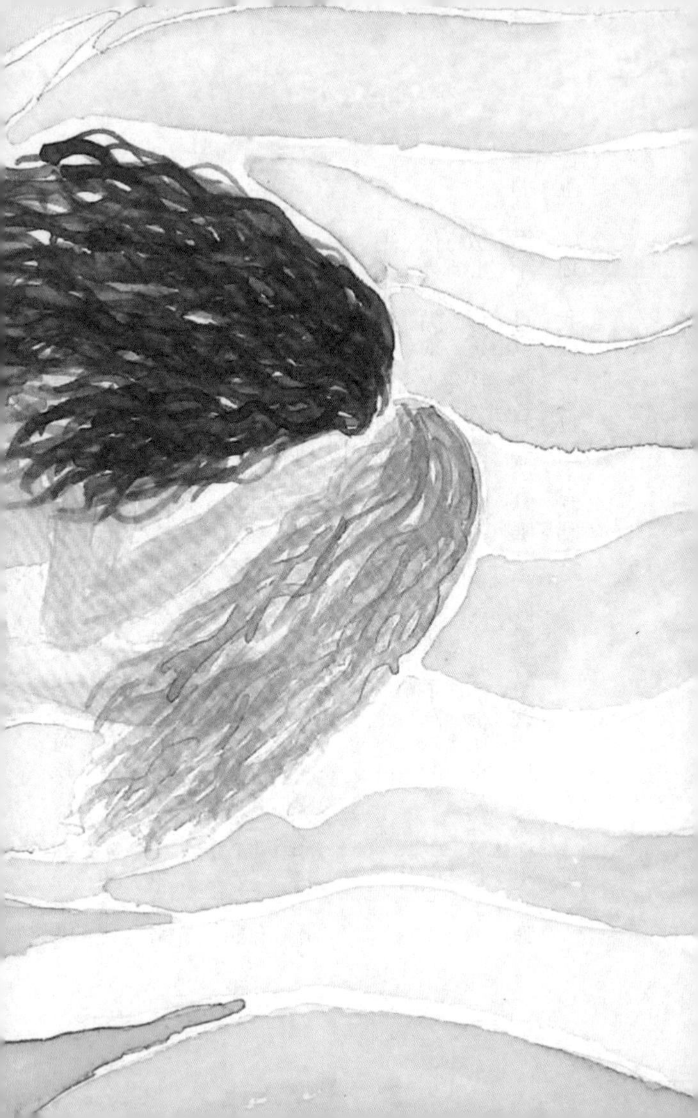

「以我對你身體的熟悉程度，應該是可以的。」

「試試看。」

炎看著面前漂亮的側臉，聽話地閉上眼睛。手指的感官頓時被放大，遊走在粗幼不一的筋骨上，停下來向他們溫柔地鞠躬，然後繼續前行。她在想按摩一個自己喜歡的身體，和按摩其他身體有甚麼區別。原來慾望會藏在每一下指頭的觸碰，緊張得開始冒手汗，她想不被發現，也想被發現。她清楚這身上皮膚的不同質感，肩膀的皮膚比背上的滑，大腿內側比外側滑，原來閉上眼的她無法專注於當下，她幾乎能感覺到她渴求觸及的濕潤，那敏感且強大的地方。一隻柔軟的手忽然從炎的大腿內側開始往上爬，被觸碰的毛孔一個個張開，直至手指頭到達內褲的邊際才停了下來。

原來一直以來的幻想都不是單向的，至少現在它變成可以推進的現實。

楠閉著眼，頭往後仰，栽進炎的心臟，像海浪理所當然地衝進石洞。炎緩緩張開眼睛，觸碰楠的臉，往那有幾顆雀斑點綴的鼻尖親過去。楠轉過身用力抱住炎，把櫻桃的香氣注入炎的嘴唇，毛巾徐徐滑落到地上。她們的嘴唇同樣柔軟，楠翹起的上唇輕托住炎，唇間有微微的黏力漿住彼此。

她們抱著對方，有時候靠向炎，有時候靠向楠，只有她們知道該把重量放在哪裡。她們的手在對方的背上滑行，有時候潛進頭髮，隨着香氣探索一直匿藏的形狀。炎牽著楠的左手，楠乖乖跟著往睡房的方向走去。

炎用舌尖試嚐那空白一片的胸部，像雪糕或果凍，沒有甜味卻感覺是甜的涼的。對炎來說，做愛是一件能令她瞬間進入冥想狀態的活動，腦海裡只有細胞張合的畫面，還有對痛的極致感官享受。

命中鋒利
頂端切下去
反覆、雙面、掃上
鵝肝鎖緊肉汁
不至於一圈池水
留在
風乾的鍋

把海水煮熟
加入牛奶、蜂蜜、柚子、荔枝、

依蘭依蘭、胡椒、薄荷、蘋果樹、
奶油蛋糕、石頭、微風
翻滾的熱海水
逐漸溶掉床和窗
花瓶和牆壁

〈我要成長〉

炗的睡房有三件東西，一張海水顏色的床、一扇落地玻璃窗和一個裝著一朵白花芍藥的透明花瓶。炗喜歡看著在床上熟睡的楠，仔細看每顆雀斑的位置大小，她已經看了三十分鐘。如果凝視是一種病，她樂意患上。雀斑和鳥兒早上的叫聲同樣會讓人安心地呼吸，細心留意吸氣和呼氣的溫差，吸氣總比呼氣涼，因為少了不捨。

炗喜歡裸睡，但楠不習慣裸睡，她說衣服是能讓她安心入睡的保護網，尤其是她為自己縫製的棉睡衣。薄滑的睡衣沿著胸口呼吸的弧度膨脹，她發現楠睡覺是不睜開嘴巴的，不像她那樣總是讓口水肆無忌憚地流。她心想：楠那緊閉的嘴唇裡，沒有空氣流過的感覺，會像用橡筋綁住手指幾分鐘的感覺嗎？血液流不到它想到達的地方，就像她從前努力想把人生活成理想的模樣，都已盡全力了，為何仍到不了？

如果眼前的楠一直不醒來，炎彷彿便能永遠擁有她。

「怎麼又這樣想？一睡不醒怎麼會是永遠擁有，那是永遠失去。」一把低沉的聲音在她腦海裡播放。「一睡不醒的那個人，你已經永遠失去了，也就是說……你永遠不會再害怕失去她。你再也不害怕看不見她，再也不害怕愛不了她。」

炎伸手碰著楠的臉，「到底是誰派你來的？」她很小聲地問。

楠似乎聽見了，皺了皺眉頭，往前靠，讓鼻子碰到炎的額頭，把她緊緊抱進懷裡。

「我前幾天看了一本書，書裡說：『為了生存，你每天需要四次擁抱；為了健康，需要八次擁抱；為了成長，需要十二次擁抱。』你知道嗎？」雙手更用力抱緊楠。

楠忍不住笑了出來，「你都這麼大了，不需要成長吧！」

「我還是個小孩。」

「你這種話也說得出口？」雙手再用力抱緊一些。

「我要每天比你成長多一些，才能趕得上你的歲數啊！」

「那我們現在抱了這麼久，算幾次？」

「一次。」炏肯定地回答。

「那我要放手再抱。」

「不許放！」

但楠還是放手了，然後再用力的抱住炏，不到一秒又放手，一直半撞半抱地撲向炏。兩人不斷地來回抱，像玩捉迷藏的孩子那樣大聲數一到一百。

〈列木尼亞〉

「醫生，水田浴的顏色愈來愈藍了，需要換水嗎？還是要多加點植物？」

亽的聲音有點徬徨，但她的心卻是前所未有的平靜，像兩隻耳朵裡的耳機播放著一快一慢的歌，一開始的不安會隨著心靜下來，漸漸只聽到那較慢的旋律。也許是習慣等待了，習慣了只有一隻耳朵。

「兩個星期吧，兩個星期後，你可以把她接回家。」藍衣人手裡拿著一個木雕，專注地看著。亽這才留意到，桌上放著最多的不是文件夾，而是不同的嬰兒木雕，刻著不同名字，繞著不同顏色的線繩，每個「嬰兒」的背上都藏著一顆白水晶。

「這些都是你做的嗎？」

「對，在建立這個治療所之前，我在世界各地不同的森林、小島流浪，尋找這些木頭製作木雕。」

「那它們有甚麼用途？」

「木雕上的水晶連接著病人的焦慮思考神經。神經愈腫脹，水晶便會改變線繩的顏色，神經愈放鬆，顏色便會愈來愈接近清澈的白色。你看炏的木雕上的線，已經從原來的深綠色變成淺綠色了。」欠接過木雕，深深聞了一下。

「是不是很香？這個木雕是用古老森林的漂流木製成的，經過水田浴浸泡後，會釋放令人瞬間安寧的氣味。其他有的是楠木、杉木、胡桃木、楨木、檜木。炏完成療程後，會讓她帶回家紀念。」

欠一直嗅一直嗅，木雕好像兩姊妹小時候爭著要抱著睡的娃娃，搶到了就必定要嗅一嗅，那股安心的味道。「所以她的病已經痊癒了嗎？她回到這裡會繼續快樂嗎？」

「現在已完成初步的治療，炏的情緒和思緒都已獲得很大程度的修復。接下來，我會為她安排一個測試，看看她能否處理當初令她思緒崩壞的主因。過往有超過一半的病人都能一次通過這個測試，即使無法通過，也不用擔心，因為測試的記憶是可以被徹底刪除的。」

「可以徹底刪除記憶？你們可以把人的部分記憶刪除嗎？」

「到現時為止，我們只能處理在水田浴裡的虛構記憶，因為它們本身就是

我們所能控制的分子。你有記憶想要消除嗎？」

「對。我……」

「如果你不想說，不用勉強。」

「我剛在我的婚姻裡犯了一個無可彌補的錯誤。」

「沒有錯誤是完全錯的。」

仌這才認真細看藍衣人的臉，是一個五官精緻的運動型女子，內雙眼皮的細長眼睛讓她想起炎。「那你覺得背叛是不是錯誤？原來人決定狠心對待一個原本愛著的人，不需要很長的思考時間，通常都是在一瞬間作出的抉擇。在一瞬間決定不回頭，在一瞬間決定親吻另一個嘴巴，在一瞬間決定說一個謊，在下一瞬間決定繼續說謊。然後，一切便無法挽回。」

「我相信每段關係都有結束的一天，其中一人背叛了，只能說是時間到了，讓人作出相應的行動。沒有不該發生的背叛，沒有不該結束的關係。」

「謝謝你這樣說，但我的情況真的比一般的背叛更嚴重，後果是我必須後悔一輩子。我無法向任何人說，我只想讓炎知道，我知道炎會理解，但也許她會說和你一樣的話。我覺得這世上的人擁有不同顏色，有暖色系、冷色系，還有像炎那樣擁有世上所有色彩的，所以她能擁抱任何人，她會發光。變色對其他人來說也許可怕，但她會因此興奮不已，瞪著眼睛不停看，不停說『好美、好美』。」

「我現在距離見下一個病人還有一個小時，你想和我去咖啡廳坐下聊聊嗎？」

「好，謝謝你，醫生。」

「不用叫我醫生，叫我海吧。」

藍衣人脫下藍袍和帽子，露出帥氣清爽的黑色短髮、白恤衫和闊身的灰色麻質褲。夊放下木雕，跟著海離開治療所。她過去幾次走出治療所都覺得好像離夾更遠了，彷彿那熟悉的靈魂每隔一天便會沉進更深的海底。這次好像有點不一樣，她在治療所的大門前停下腳步，閉上眼。她很小聲地問：「閉上眼的人既然能夠離開眼前的空間，那我閉上眼，便會和夾存在同一空間嗎？還是會胡亂在不同空間裡穿梭？」她希望是前者，她希望此刻就在那裡靠近夾，儘管只是聽到她的笑聲，聞到她健康的氣味，她衷心渴望著。海看透夊心裡的痛，那藏在處之泰然下的極度哀傷，她靜靜走在夊身旁，直至夊再次說話。

「你不像醫生，到處流浪、做木雕更像藝術家。」

「那時候我三十歲，是一名患上情緒病的精神科醫生。每天見近二十位病人的緊密行程，根本沒時間和空間處理病人自殺、病人家屬投訴等帶來的情緒。於是我決定辭職去流浪。」

「甚麼時候開始做木雕的？」

「那流浪的八年，只是為了欣賞美麗的森林海島，讓自己放鬆。雕刻是我在大學時的興趣，於是我邊流浪邊撿木頭來雕，然後在街上擺攤，賺來的錢可以補貼一點旅費。」

「那水田浴是你設計的嗎？」

「是我和幾個在旅途上認識的人一起設計的。即使那些被譽為世界秘境的地方，都存在嚴重的污染問題，我親眼看著海龜死在白化的珊瑚礁上，瘦弱的小鹿在曾經是森林的地方找不到棲息地，這個世界已經快被我們消耗掉了，地球生病，人也絕對不會好到哪裡去。」

「沒想過它是這樣誕生的。」

「我的想法是，既然有這麼多人都像我一樣，因病態的生活而生病，而我不能在短時間內重建大自然，那至少能讓生病的人在虛擬世界裡重新被大自然包圍，在治療他們的同時，讓他們記起和大自然連結的重要性。你有聽過列木尼亞嗎？」

「那個消失了的海島？」

「對，我們很多人的前世都在列木尼亞這個地方居住，那是一個天堂般的存在，島民們熱愛和平、平等，對一切生命都充滿愛，而且每個人都是療癒者。於是我便萌生了水田浴的想法，利用科技、植物和水晶，讓人連結原始的療癒能量。」

「你讓我想起我媽媽，她在我很小的時候常常打理那個香草花園。所以第一次看見水田浴的照片時，我就幻想設計它的人也許和我媽媽很像。」

「如果我告訴你爻在水田浴的世界裡正在做甚麼，你會覺得她更像你媽媽。」

「真的嗎？她有自己的香草花園嗎？」

「對，其實我該讓你去探望她。我想現在的她，會帶給你最需要的療癒。」

〈幫我抓癢〉

「你的腳很冷。」光在床上抱住楠的腳。

「對，剛才一直赤腳坐在外面。你快點幫我暖一下！」

光無時無刻溫暖的手正是有這個功能，她一邊緊抱著腳一邊注視楠的腳趾頭，還忍不住輕吻了一下。「很像屍體的腳，又白又冰，你快摸摸看，你死了就是這樣。」

楠摸了一下，撫摸自己的屍體是一件匪夷所思的事，但由光提議卻很理所當然。「如果我死在你家裡，你會留著我的屍體，像這樣摸來摸去嗎？」

「當然了！我還會為你戴上戒指，叫你那個攝影師朋友過來幫我們拍婚紗照。」

「這麼可怕！」楠一想起自己的屍體要被化妝、被穿上婚紗、被拍照，雞皮疙瘩都冒出來了。

「我會這樣依傍在你身邊，然後很幸福地笑，如果你的表情太僵硬，可能我可以這樣托住你的臉，順勢把你的嘴擠出一個笑容。」

「可以不要這樣嗎？」

「到時候由我決定！哎呀，又忘了看火，我在蒸南瓜雞肝！」炎站起來跑到廚房。

她把剛煮好的南瓜雞肝放在最後情人面前，其實這機靈的小貓早已看著廚房很久，準備向雞肝撲去，但一如以往靠近了才發現太燙，只好乖乖在一旁等候。

「你知道嗎？我以前的情人都跟我說，我沒可能找到心目中那個完美的人。」炎回到房間，背對著楠躺在床上：「幫我抓癢。」楠聽話地伸出援手：「我也覺得。」「為甚麼？你連我覺得怎樣才算完美都不知道。」

「我也曾經想要找一個最完美的人，每次都以為自己找到了，但最後還是發現他們有相同的缺點——自私。最後最後最後，我終於發現，其實那個一開始假裝無私，後來愈來愈自私的，是我自己。從來都是自己，我們從別人身上看到的缺點通通都是自己。你沒可能完美，也就沒可能找到你覺得完美的人。」

「也就是說，我現在覺得你這麼好，是因為現在的我很好？」

「也對，我們都是鏡子。」

「阿鏡，今天我們一起裸泳，好不好？」炏抱住楠。

炏的興奮令楠無法拒絕，她喜歡炏有感染力的笑，像夕陽緩緩劃過房間的瞬間，溫暖不刺眼。炏看了看牆上的時間，決定帶楠參觀她

的秘密石灘，於是兩人沿著後山的路走，每當到了一些陡斜的位置，炎會停下來等楠，伸手讓楠扶著。

這條路對於新手來說是困難的，因為能走的平面很窄，而且佈滿不規則的石頭，有的更是會滾動的滑石，一不小心便會跟著石頭滑落。楠看著炎毫不猶豫地走在石頭上，彷彿腳底有爪子可以抓住石頭，而她卻對光滑的石頭充滿恐懼，因此走得很慢很慢，不停把腳踝扭來扭去，硬要每一步都牢固地踩在石縫裡。

「我看到了，是彩色的海水。」楠還有一小段路才能到達炎停下的地方了，炎笑著說：「這就是我的秘密海攤，那些彩色岩石和礦物有些會很尖銳，所以我要先揹著你走到海中心。」

「好美啊！怎麼會有粉紅、紫、黃，還有那邊，藍綠色的？太神奇了！」楠穿著手縫的紅裙，像孩子一樣興奮。她慢慢脫下裙子，炎跑向楠用力抱住，大叫「我要成長！」這個沙灘並不大，大概是半個足球場。炎揹著楠從海邊走向海裡，楠用力吞一下口水，很怕自己的重量會令炎受傷。炎的眼神堅定，嘴巴緊緊合上，下盤穩住，注意力放在腳和沙灘的連結。她只要輕輕碰一下石頭的質感，便會記得石頭的形狀，從而決定每一步的方向。海水很冰冷，腿進入水裡一秒鐘便開始發麻，但她喜歡這種被加冕的感覺。觸碰在冰水裡會變得陌生，彷彿生命也會隨即溶化，一切回到嬰兒的狀態。

「我覺得好像你已經死了，我揹着你的屍體，準備把你埋在海裡。」炎看著海水說：「如果我先死，你可以為我這樣做嗎？」楠很清楚炎喜歡問這種問題，也很自然知道該怎麼回答：「可以啊，但如果一定要在這海灘的話，我雙腳應該會滿是鮮血吧！」

「為了我，流血也值得，不是嗎？」她假裝要鬆手把楠丟到海裡。

「值得！很值得！」楠害怕得閉上眼睛。

這時炏已走到腳碰不到石頭的地方。「我們到了，你現在慢慢放開手。」楠還是緊緊抱著，炏轉過身，扶著楠的腰說：「不要怕，我就在你身邊。」兩人看著在水裡的彼此，感受著宇宙間的神奇力量，讓兩個人同時互相吸引的怪力。她們緊抱彼此，像在媽媽肚子裡的一對孿生嬰兒，同步的呼吸讓她們擁有整個世界。海水在她們臉上畫出澎湃的心電圖，光影一閃一閃。圍繞在兩人胸口的氣泡，是兩顆心臟溝通的語言。楠輕輕撫摸炏敏感的地方，與水力共同進退，忽遠忽近，忽強忽弱，炏閉上眼睛，忍不住笑了出來。

在水裡，心的重量被海水承載，不會覺得累。楠看著炏和海裡的太陽，被太陽曬著的皮膚是一幅幅被沖刷過的白紗，白得發亮。那套曾經穿上一天，然後鬆一口氣脫下的婚紗和戒指。原以為只有一天的束縛，但真正的枷鎖到今天才算解除。

〈已很久了〉

這天清晨，奀醒來時一直犯頭痛。她伸手把床邊的外套拉到自己頭上當頭巾，床頭的薄荷精油也剛好派上用場。她凝望落地玻璃窗外的天空，好像今天全宇宙的白雲都簇擁在這島上，等待著甚麼事情發生。白花芍藥依舊守在奀身旁，像守護天使，也像他父親墓前那些懂得禱告的鮮花。

三聲連續而鎮定的敲門聲傳到奀耳邊。「等等！」她坐起身子，嘗試左右搖擺頭部讓頸放鬆，骨頭「卡」了兩聲，但頭痛仍不願消散。她把外套穿好，右手放在頸後按摩自己。

她打開門，但門外沒有人，她走到前院看看，果然有人在柚子樹前踱步。這是柚子樹盛開的季節，令前院有了金黃的點綴。被晨風吹拂的柚子，散發著令人精神一振的香氣，讓她想起熱騰騰的日式雜菜鍋，她總愛在鍋裡放兩小片曬乾了的柚子皮，她享受那清香過後的淡苦。

「嗨！剛剛是你敲門嗎？」那人轉過頭來：「炎！你真的在這裡！」

炎認出眼前的人，是她來這島上的原因，她狠狠離開的那人，那病重的人，那長得像她爸爸的人。她解開頭上的外套，把它披在身上。

「你病好了？」炎問。

「對，你走了以後，有人告訴我，我的靈魂像一棵光脫脫的枯樹，葉子碎落在不同時空的不同角落。幸好我的家人找人幫我用不同方法重組，現在算是健康了。」

「我就那樣靜悄悄地走了，我以為你恨死我了。」

「已經是很久以前的事了。」他呼了一口氣，接著說：「後來發現和你分開之後，心變輕了。」

突然沉默了，她這才明白一直把那人留在黑房間的不是病，而是自己，那個一直嘗試努力照顧他的自己。她淺笑：「你竟然會這樣說。」和那人說話，會覺得自己並沒有離開很久。她心裡某個地方居然有點興奮，像回到二人剛相識的時候。

她在原地打開雙手，那人走上前抱住她，用力抱起她，在她雙腳離地的瞬間，眼角的淚光徐徐落下。她想念被他一手抱起的感覺，這雙手曾經承載她整個世界，這身體曾是撫平她所有空洞的完美形狀……直至他們把對方壓到透不過氣。

「我現在喜歡上女人了。」

「是嗎？你不是一直都喜歡的嗎？」

「我以前有告訴過你嗎？我已記不起來了。」

「你說你看成人影片只會看女人的身體，所以其實生理上需要女人。」

「我真的直接跟你這樣說？」

「對！你終於知道那時候你讓我多難堪。」

「那至少比一直欺騙你好，你知道我的個性很難隱瞞任何事情。」

「我知道這是你不變的性格，但我發現從你告訴我開始，我的心就有一部分不停往下墜，我經常試著忽略那部分，卻只令它變得更重，幾乎操控了我整個人。」

「但那不代表我不喜歡男人，那時候我很清楚自己仍很愛你，根本和性別無關。」她還是忍不住在語氣激動時用力拍打他的肩膀，像他們最初認識的時候。

「我知道，但那不是完整的你。我需要的是完整的你。那些大家說不要放在心上的東西，好像正正就是我賴以生存的一切，你懂嗎？」那人說。

他們坐在前院的飯桌，尖很清楚這不是生病前的情景，因為她已不是那個為填補缺失而活著的女孩。「這幾年我得出一個結論，當我還未活出真正的自己，根本無法讓人愛上完整的自己。我以前誤會了愛，真正的愛不是要找一個人來讓自己完整，而是要讓完整的自己一直活着。」從前的她，總是在伴侶身上索取那些無法在父母身上得到的愛和認同，當發現伴侶無法使她滿足，她便繼續往外找，找到另外一個人，卻同樣只能補充一小部分。她以為幾個人才足以填滿她，而她的愛足以填滿好幾個人，但現在她清楚明白那些不是愛，只是不斷地索取，不斷地填補缺失，然而只有當她活出真正的自己，才能明白一切缺失只是為了帶領她經歷這趟旅程。

「所以那時候你被說成是戀父的女孩，其實你是戀母才對。」

「戀父也好，戀母也好，都是我誠實地愛上。也許人類就是一半戀母，一半戀父的生物吧。」

夾從門前大樹間的夾縫裡眺望海平線上的那座浮城，鐵鏽般的深橘色，那裡呼吸著的東西前所未有的清晰，像一幅教堂內的玻璃壁畫，傳遞著古老的能量。

「謝謝你一直以來如此勇敢，我能感覺到現在的你變堅強了，內心變平靜了。作為曾經和你相愛的人，我很榮幸，也很安心。我今天離開後，不會再出現在你面前，只能在遙遠的地方繼續祝福你。」

「你永遠在我心裡都有個位置，需要幫忙的時候一定要來找我。」

「看見你的柚子樹，我知道你正過著你想要的生活，是你一直最嚮往的自由自在。」

「對。你要帶走一顆嗎？」

「好。」

「我幫你選！」她輕快跳到地上，走向柚子樹，摘下一顆，轉過身，把柚子放到那人手上。

〈輕〉

「從來都不是因為容易，才選擇這條路的。」

經過在島上生活的日子，夾相信過去的感情關係之所以都是悲劇收場，是因為那時候的她把愛情抓得太緊，害怕一秒鬆懈就會失去，她在愛人身上賭上自己生命的重量，那是誰也無法承受的。這種愛很像母親對孩子的愛，既純粹同時又讓人窒息，因為毫無保留，因為不顧一切。她以為可以一直這樣愛著，直至那人生病了，她的溺愛淹沒了自己。在不穩定的人面前，她只能令自己變成最大劑量的鎮定劑。難道可以轉頭離他而去嗎？是不可能的。她以為強迫自己刪除情緒的所有波動時，能讓他獲得安寧，但其實她只會變得讓他更無法靠近。很多人希望拯救別人，以為用自己遍體鱗傷的身軀可以呵護另一個靈魂，也許炎也天生有這種基因，當初才會堅決留在那人身邊。換作現在的她，她依然不會退縮，還是希望用自己的一些甚麼幫助他，或許讓他離開那個房間，換一個環境。在城市裡，藥是唯一的藥，但在小島上，整個世界都是，簡單如一陣海風、一個柚子。

那人走後不久，楠拿着前天朋友送給她的兩瓶蜂蜜來到炎門前，看見炎看著柚子樹發呆。

「怎麼這麼早起來？準好做柚子蜂蜜嗎？」

「剛剛一位老朋友來，坐了一會兒便走了。」

「很重要的人嗎？」

「是。」

「那為甚麼不把他留下？」

「我心裡有一部分想把他留下，但更大部分覺得不該把他留在身邊。」

「因為結局還是會一樣？」

「是因為我已經不一樣了。」炏看著楠手裡的蜂蜜。「他腦海裡的那個我，我沒辦法重演，而面對同樣的他，我又沒辦法叫自己不要嘗試重演，結果大家應該都會很辛苦。」

「有時候我也會想，如果我變好了，再次回到那段婚姻會不會一切都變容易了。但後來想，有些缺口還是該讓它繼續留白，知道大家都在變好，就可以了。」

「無論如何，我們現在都很好。他剛才還說，沒有了我，他的心變輕了。」

「在埃及神話裡，人死後所有器官都會被挖出來，除了心臟，因為要帶著心去見亡靈的守護者，讓他量度心的重量。天秤的一邊放心

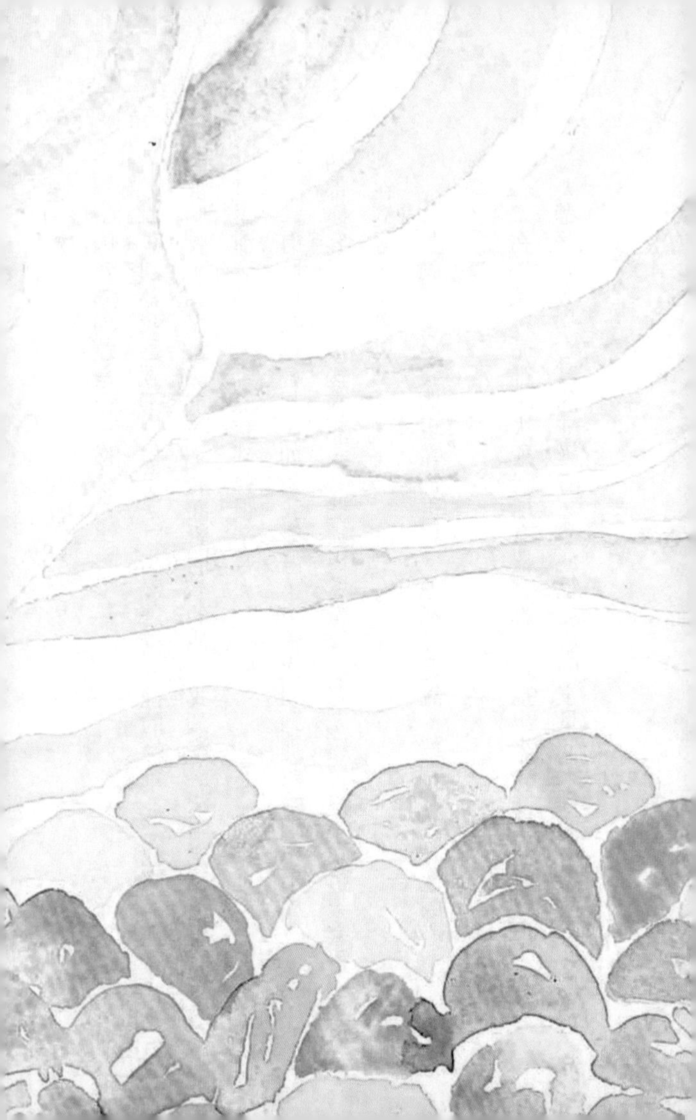

臟，另一邊放羽毛平衡，所以心愈重，羽毛用得愈多。亡靈最終能否飛往天堂，就要看他翅膀還剩餘多少羽毛。人生在世，就是先學習怎樣把事物往自己身上揹，然後再學習把重量一件一件卸掉。」

「那我現在讓你變重了嗎？」炏調皮地說。

「一點點吧，因為你煮的大餐太好吃了。」楠抱緊頭髮散亂的炏：「現在是一生中最輕的日子。謝謝你。」

「有時候我幾乎覺得你是我幻想出來的。」炏邊盡全身的力氣打了一個深長的呵欠，鼻孔和口腔擴張到極致。

「就是你這些醜醜的呵欠，讓我所有重量都消失。」

炏靠在楠的肩膀上：「我其實有點頭痛，可以陪我再睡一會兒嗎？」

「好啊，需要我幫你按摩嗎？」

「被你按？我怕會傷很重。」

「我上次有很用心幫你按的。」

夾趴到床上，背朝天，楠坐到夾的大腿上，一副認真準備按摩的姿勢。

「不要太用力，你的蠻力會弄傷我。」於是楠用手指頭輕輕掃夾的背。

「你這樣不如抓癢算了。」

楠大聲回應「好！」並超用力地抓癢，在夾背上抓出一道道紅印。

「哇痛痛痛，但很舒服，繼續繼續。」楠繼續貌似認真地抓，心裡卻覺得很有趣。「手痠了。我要休息一下。我們真的很神經。」楠趴在夾背上用投降的聲音說。

「不是我們，只有你是。」爻調皮地說。

「但要你夠神經，我才會把神經的一面顯露出來。」

「所以你才會愛上我。」

「我們真的很浪漫。」

「不是我們，只有你是。」

「但要你夠浪漫，我才會把浪漫的一面顯露出來。」

「我們真的很煩！」

「不是我們，只有你是！」

「雖然我很想她，但如果她現在過得很好，她不想回來，可以讓她留在那裡嗎？」仌和海站在炏的水田浴跟前。

「不好意思，療程結束後，病人一旦通過評估，便必須離開水田浴，讓其他有需要的病人進來。讓病人們留在水田浴裡固然能讓他們生活愉快穩定，但讓他們回到現實世界，他們必定會想辦法建立那個他們理想中的世界。這才是我讓他們接受治療的最終目的。」

「你今天叫我來做甚麼？」

「我想安排你進入水田浴，把炏帶回來。」

「這怎麼可能？我要告訴她裡面一切都是假的嗎？她怎麼會跟我走？」

「她會的。」

「我要怎樣把她帶回來？」

「我會幫你。」

亽一方面很想見炏，但另一方面又害怕，萬一自己進去以後，回不來怎麼辦。海接著把一個屏幕交到亽手中，「這裡顯示的是炏的位置座標，你進去以後會看見這個座標發亮，跟著它走便會找到炏。你找到她以後，在日落之前把她帶到碼頭坐船便可以回來。萬一她不肯回來，你便一個人坐上船。我會監控整個過程，確保你安全回來。」

「你可以陪我進去嗎？我還是有點害怕。」

「如果你需要我的時候就叫我的名字，我會立刻出現。」

「好。我試試看。」

海把兩位護士叫來，在夊的手臂上打針，不消一秒夊便閉上眼睛。海從櫃子裡拿出另一支針筒，把藍綠色泡沫注入夊背上的焦慮思考神經。

海浪的聲音衝進夊的耳朵，一睜開眼睛，她已坐上小船。環視周圍的乘客，大多都在睡覺，也許是閉目養神，也許是和她一樣被打針了。

她連忙走到船頭，迎著鹹鹹的海風，她想起夾小時候最愛和她到沙灘游泳，兩人戴著媽媽準備的螢光粉紅泳帽和標準泳手穿的泳衣泳鏡。夾喜歡揹著她，或抱著她，在水裡進行各種比賽，其實那時候的夊醉翁之意不在酒，她最喜歡的是每次游泳後吃的牛扒大餐，在鐵板上淋黑椒汁的聲音。離婚前，這些回憶幾乎已成了前世的產物，即使消逝也不過如是，現在的她卻依賴著這些記憶生存。婚姻會將大部分的自己轉讓給另一半，她如果一早知道，絕不會衝動地接受這場交易。

船快要靠岸了，眼前是一個翠綠的小島。她再次到訪屬於夾的地方，上次心情是滿滿的不安，這次則多了一份興奮的期待。她拿出背包裡的屏幕，座標正在發亮，她倆逐漸靠近彼此。下船後，她看了看碼頭的掛鐘，時間是早上八時。沿著碼頭的菜市場，她走到一條山路的入口。白皮鞋和這個地方格格不入，卻堅定無比，十五分鐘的上坡路過後，終於開始下坡路。座標反複在一個區域裡來回移動，仌不斷想究竟夾一大清早在做甚麼。她聽到海浪的聲音再一次靠近，是海灘！夾在游泳！她從石灘往海裡看，有兩個身影正在游泳，仌決定不管誰是誰，先大喊「姐！」

兩個身影同時看了過來。夾抬頭一看，便認出石灘上的人是仌，馬上向著她狂奔，楠跟在身後。仌看見兩個裸體走向自己，感到有點尷尬不敢看，卻很想確認那人是不是犮。

犮在石灘上撿起裙，蓋在胸前，「仌，你怎麼來了？你怎麼知道我在這裡？」

看到精神奕奕的犮，仌難掩內心的愉悅。「你先穿好衣服，我再慢慢解釋。」犮連忙穿好裙子，楠也趕緊在樹後穿上灰色工人褲。「這是我妹妹仌。」犮向楠介紹，然後指著楠說：「這是我女朋友楠。」

仌聽見後眼淚止不住湧出，犮以為她的激動是因為久別重逢，但其實此刻的仌正被編寫兩人命運的巨大力量觸動。她知道，無論犮和她的性格思想有多麼不同，有些根深蒂固的東西還是相通的。

犮已經很久沒有看見仌哭了，上一次也許是爸爸過世的時候。她用力抱緊⽕，這個原生家庭帶給她的寶物。

「姐，我一直裝得很辛苦，要在所有人面前裝強，裝不在乎，裝沒事發生。」⽕邊哭邊說：「我和他離婚了，因為我趁他不在家的時候和一個女生在一起，誰知道他一回家看見我們兩個脫光衣服的畫面，他極度憤怒，拿起刀往那女生砍下去，鮮血濺滿了我和整個房間。我很害怕很害怕，不知道該怎麼做。」她的白皮鞋已經完全陷入沙裡，忍了半年多的話和眼淚終於找到了出口。

隱藏一個性取向，像隱藏一個你懂的語言。有時候的確可以隱藏得很好，甚至連自己都忘記；但每當聽見附近有人說起的時候，便會發現那部分的自己蠢蠢欲動。對雙性戀的人來說，明明兩種語言都懂、都愛，偏偏要選「最喜歡」的一種。似乎總要把自己一部分埋葬掉，深深吸一口氣才能走進一段注定只有半個自己參與的關係。接著一路上不斷告訴自己，只懂一種語言，一種就夠了。但到了某個時候，總會有說第二語言的人走近，把一切隱藏的揭開。

夾摸著夨的頭，像一個被遺棄的嬰孩重新回到她懷裡，緊張得說不出話來。

「我不能告訴任何人，因為只有你會懂。」夨哽咽。

「發生這種事，你應該第一時間告訴我，讓我陪在你身邊。」

「我當時聯絡不到你，只好一個人死撐。」

「來，一起到我家坐坐。」夾一手牽住夨的手，一手放在夨的肩膀上。她感覺到夨整個變大人的過程從她手指縫裡流走，是永遠追不回來的東西。

「沒想到你也有比我瘋的時候，那個女生是在哪裡認識的？」

夨一路上說了她和那女生的故事。她叫天，是夨參加讀書會認識的，年紀比仌小五年。仌一開始只是覺得她是個很美很帥的人，想和她做朋友。但因為那時仌和老公為人工受孕的事情經常吵架，於是不時與天相約談心，從朋友變成密友，漸漸勾勒出戀人的模樣。

她在天身上找回戀愛的激情，那種對一個人的無窮好奇，對一個人微小動作的留神。天不相信婚姻，更不相信一個人只能愛一個人，她熱愛自由，熱愛戀愛，讓仌從隨心所欲中重獲生活的自由。

仌以為嘴裡充滿謊言、心裡滿是愧疚、無法光明正大地快樂，已是背叛婚姻的代價。直至天的離世，讓她無法不怨恨自己。根據她觀察仌過去處理「戀父」的關係，她知道愈反抗，受到的攻擊只會愈多，於是她選擇極度理性地處理一切該處理的事情，接受一切該承受的謾罵，然後頭也不回地離開那個地方。這中間所壓抑的情緒，已形成一個能放得下幾十個她的大雪球，牢牢地把她與外在的世界隔開。

「我一直不敢，也不可以說，其實很想她，真的很想很想。」仌用力捏住炏的手，眼淚已佈滿臉上每個角落。

「雖然這樣想有點奇怪，但她的離世讓你終於有勇氣離開這段婚姻，她的離世讓你認清你的心。」

「但卻沒了她。」

仌一進門，最後情人居然難得地走近，在這位傷感的陌生人腳邊不停徘徊。炏邀請仌坐在能遠眺大海的木椅上，把晾在繩上的碎花手帕遞給她。仌看著炏走向香草花園，六個大木箱，每個木箱有三格，每格只種一種香草，還有不同用樹枝組成的木架，和很久以前媽媽的香草花園一模一樣。

炏一邊摘香草一邊說，「我有時候想，最愛的人死了，那你不就能成為她的最後情人嗎？她此生最愛的不就是你嗎？這是多難確保的事，多少人窮一生的力氣只為成為某人的最愛。天地之間，已經沒有比你更愛她，或比她更愛你的人。你可以在回憶裡獨佔她。」她摘了一點薰衣草和幾朵洋甘菊，回屋裡泡茶。

「怎麼會這樣想？你真的一點都沒變，還是這麼奇怪。」宊明明眼睛在哭，嘴巴卻笑了出來，心想炇真的完全康復了。

「對，她就是這樣，常常說想我死在她手上，古靈精怪。」楠陪在宊身旁，點燃桌上的檀木精油蠟燭。「其實我很明白你的經歷和感受。婚姻是一場賭博，為了一份白紙黑字的安全感，用誓言和戒指把兩個人綁在一起，賭上自由和快樂。追求自由和快樂明明是自然不過的事，婚後的人卻隨時會被貼上污名。」

宊深深吐了一口氣，「小時候媽媽跟我說，爸爸和她是對方的初戀。這讓我對於要和我的初戀結婚有一份無形的執著。別人說在這個年代是不可能的，我還是不明白為甚麼，難道我們的心和他們的不一樣嗎？」

「是因為我們活在自由的年代，更清楚自己的心在甚麼時候最快樂，是在隨心所欲、做自己的時候。現今社會讓婚姻成為很多人的心魔，就算知道它只是一張粉飾過的照片，還是會對它求之若渴。其實俠有說過，她懷疑她媽媽說初戀是爸爸是個謊，是因為她希望你們都對愛情保有最浪漫的幻想。」

「她居然這麼覺得，也是有可能，媽媽總是害怕說心底話。爸爸這麼帥，一定不只愛過我媽媽一個人。」

「所以你覺得你媽媽不美嗎？」

「她和俠長得一模一樣，你覺得美不美？」

楠立刻尷尬地微笑。

「楠，其實我這次來找39，是要把她帶走。」

「我知道，海有告訴我。」

「她為甚麼會告訴你？」

「我是海的好朋友，離婚後我有點抑鬱症的先兆，所以海便安排我進來水田浴。」

「所以這島上的所有人都是水田浴的病人嗎？」

「你可以想像這是一個模擬城市，有依照列木尼亞設計的固定設施，有治療所人員隱藏在內，但每個病人的生活環境都是根據他們潛意識裡的需求，可以建最舒服的房子，擺放記憶裡最重要、最美好的物件，做最能療癒自己的事。」

「那你會和炎一起離開嗎？」

「會！一定會。」

「那就好。」

炎拿著茶壺和茶杯來到桌子跟前，看著亼和楠一同看著她。

〈夾〉

清晨五時，看著天花的方形燈罩和靜止的風扇，夾只穿內褲躺在藍綠色瑜珈墊上，未經修剪的捲曲線條在邊上曬太陽。她閉上雙眼，看不見右邊緊貼的按摩床，看不見左邊差點碰到的書櫃，看不見屋外的香草花園和柚子樹。

她聽見海浪聲偷偷混進了冥想用的音樂，一下一下划過她胸口。她腳踩在墊上，小腿和大腿呈屋頂形狀，雙手放在大腿兩側，慢慢抬起屁股，脊椎由下而上離開瑜珈墊，漸漸地，胸口也是，數下呼吸後胸口重新著地，緩緩延至每一節脊椎，直至屁股完全回歸大地。夾不斷重複這個動作，成了一種熟悉的承托，忽遠忽近，忽強忽弱，整個背部完整地鬆開，像嬰兒的狀態。

她想起小時候媽媽和她一起做軟綿綿的吞拿魚三文治，在街頭的老店買暖暖的甘蔗汁，在媽媽公司幫忙打掃後，可以叫很好吃的炒飯外賣……一切和媽媽美好的回憶原來都和吃有關。「錢不能亂花，但花在買你喜歡吃、健康的食物，就沒問題。」她記起這句媽媽常說的話。

一陣海風吹過，她再次想起媽媽跪在爸爸墓前痛哭的畫面，但這次視角切換成一隻圍繞墓地上空盤旋的老鷹，看著一位媽媽緊緊握住兩個女兒的手離開墓地，天空很灰，樓梯很斜，未來很遠，所以媽媽一直不敢放手。女兒們愈長愈高，媽媽頭髮愈來愈白，樓梯愈來愈長，老鷹愈飛愈遠，但依然清楚看見那位媽媽發放的金黃色光芒，堅定而勇敢，單純且美麗。夾現在很確定，爸爸愛她，媽媽愛她，妹妹也愛她，這世上沒有人一出生便是惡魔。

畫面忽然閃現一個子宮，看見裡面有一對姐弟正在裸泳，溫暖的陽光落在姐姐身上，虛弱的弟弟在黑暗中顫抖，姐姐很快樂，弟弟很憂傷。姐姐想到一個辦法讓弟弟不再憂傷，就是把他緊緊抱進懷內。可是片刻之間，弟弟便鑽進了姐姐的細胞之中。姐姐不明白為何自己用盡全力抱緊的弟弟會消失不見，於是從那刻開始，學會了憂傷。弟弟寄生在姐姐體內，陪伴姐姐成長，經歷姐姐經歷的一切。

犮突然聽見一把小男孩的聲音：「姐姐，我不能以肉身來這世上，不是你的錯，不要再怪責自己了。謝謝你願意把我抱緊，讓我感受此生第一次的溫暖。可以住在你的心房，跟你來玩這趟人生，感受快樂與憂傷，感受愛與被愛，我很滿足。」

「弟弟，我很慶幸一直有你在我心裡，你讓我很早學會閱讀他人的憂傷，很早學會擁抱我愛的人。謝謝你一直的陪伴，這趟人生真的很好玩。」

一個書櫃頓時浮現在畫面中，一隻手把一本小書從書架上拉出來，弟弟接著說：「這個故事，是我為你寫的最後禮物，謝謝你把我的憂傷帶走，我是時候離開你了。」

眼淚從炎的臉龐滴到瑜珈墊上，她感覺到胸口有甚麼踢了兩踢，一股暖暖的電流從心房直達腳下。

炎張開眼睛，回到她小小的房間，她覺得必須馬上到書櫃找那本剛才看見的小書。她記不起書名，只記得有個女人的背影，手上抱著一個初生嬰兒。

當媽媽很不容易，
當一個給予女兒自由的媽媽更不容易，
當一個自由的媽媽最難。

II·讓你愛的人活得自由

一輩子的遊戲

紅是一個從小就超愛看電視的女孩。媽媽總說：只要開著電視，連餵她喝極苦的中藥也是一件容易的事。

從升讀中學開始，媽媽為了確保紅放學後專心做功課，開始限制開電視的時間。媽媽會用遙控器把電視切換至待機模式，然後把遙控器帶上班，等她下班回家才能開電視。

晚餐前，媽媽會讓紅在一個玻璃瓶裡抽紙條，紙條上寫著時間，代表當晚可以看電視的時間。最幸運是抽到一小時，因為可以完整看完一集電視劇。如果抽到五分鐘這種看了等於沒看的時間，紅會把它記錄在小本子裡，留待和日後的電視時間合併。

但紅很快便發現，想對付處於待機模式的電視，只要按一按電視機下面調整音量的按鈕，電視就能馬上復活。紅享受了幾天自由的電視時光後，因為一次來不及在媽媽回家前關電視，被發現了。

於是媽媽改成把電視機插頭用鎖頭鎖進一個公文包裡，但很快紅又找到了對應的策略，就是把公文包的拉鍊鬆開，直至插頭能逃出公文包。不過幾天，拉鍊已明顯變形，很快惹起媽媽的注意。

紅有張良計，媽媽有過牆梯。媽媽接著搬出一個硬皮行李箱，把插頭牢牢鎖進去。紅嘗試了幾次想從中抽出插頭，都失敗。但她當然不會就此放棄，因為她知道媽媽通常為免自己加班不能回家開鎖，會把鑰匙藏在家裡。她吃晚飯前，抽字條後，才可以致電媽媽問鑰匙的藏身之處。

於是紅養成了一個新興趣，就是每天放學後飛奔回家找鑰匙。她很快就熟悉了媽媽最常用的藏寶地：保鮮袋的盒子裡、打印機裡面、鞋櫃裡、書架上，她能成功找到鑰匙的機率是八成。晚飯前，她還是會照樣致電媽媽問鑰匙在哪，以免引起媽媽懷疑。有時候紅會覺得，她擁有的所有智慧，都通通用在抗衡媽媽的約束，她差點以為這會是她倆玩一輩子的遊戲。從十八歲開始，紅便沒有回家住了，有時候住宿舍，有時候住男朋友家。過了一段時間，紅才發現自己並不真的那麼喜歡看電視，那個會為了電視衝回家的傻女孩已經消失得無影無蹤。

有次回家，媽媽把一碗熱湯和那個紙條玻璃瓶端到紅面前。

「又要抽？我現在不用看電視也可以。」紅只想喝湯，因為真的很久沒喝了。

「以後每星期我都會抽一張，代表你那星期要回家的時間。」媽媽的聲音總是固執的、不可動搖的。紅嘆了一口氣，忽然靈機一觸，調皮地說：「那還是可以用小本子累積嗎？」

「你就只懂想這些，永遠都是小聰明。你想累積到甚麼時候？」

「到我有時間的時候。」

「到你有時間的時候，我已經沒那麼多時間和精力了。」她轉身打開沒有上鎖的電視機，回到廚房準備另一款健脾胃的湯水。

紅伸手抽了張紙條，紙明顯是新的，打開一看，媽媽的字跡，寫著「五小時」，再抽，「七小時」、「十小時」、「十五小時」。拿著紙條，她似乎觸摸到媽媽的內心，空空的、白白的，獨自一人生活的孤獨與寂寞。她猛然發現，退出遊戲的她雖然自由了，卻讓媽媽一人漫無目的地處於待機模式。

「媽，那你要用視像電話讓我看著你抽，我可不能讓你像我小時候那樣作弊，抽完再抽！」待機中的遊戲，一下子重啟了。

原刊於《StoryTeller》

英文補習社

如果問紅小時候最痛苦的記憶是甚麼?她必定會回答:英文補習社。

那時候紅小學五年級,是準備升中考試的黃金時機,於是媽媽安排她到一家英文補習社補習,是媽媽的律師朋友介紹的。那位律師朋友能說一口流利的英文,女兒更是全校第一名,因此媽媽一直都很相信她的話。

補習社的收生很嚴格,專門給英文已達到某個水平的「精英」報讀,老師以嚴厲聞名,每逢星期二傍晚上課,學費很貴。每一課老師會派發數頁、近百個英文單字,作為下星期的默書內容,有很難的野生動物名稱,也有正常人一輩子都用不完的形容詞。因為這個高壓的默書，讓紅那年的精神經常處於繃緊狀態，每逢星期二接近放學時間都會胃抽筋，甚至會在前往補習社的巴士上害怕得默默流眼淚。到了補習社大堂，她會馬上擦乾眼淚，迅速再看一遍默書內容，祈求自己小小的腦袋可以把全部生字牢牢記下。

「紅參加這補習社後，英文成績真的進步了許多。」媽媽繼續在其他朋友面前推薦這家補習社，坐在一旁的紅默不作聲，專心看著媽媽自豪的神情，她不敢打斷媽媽開懷的分享，那個滿意的笑容對紅來說非常寶貴。

一個學期過去，英語漸漸從紅最愛、最有信心的科目，變成最討厭、最害怕的科目。

那年生日，她終於鼓起勇氣告訴媽媽。

「媽媽，英文補習社讓我很痛苦，每次默書我都害怕到哭，常常做很可怕的惡夢，我不想再繼續了。」紅哭倒在媽媽腳邊。

「但你快要考升中試，停補習會不會令你成績倒退？」

「我保證會保持英文科的好成績，可以幫我停掉補習嗎？」

這是紅第一次讓媽媽看見她崩潰的模樣。自從爸爸離世，她知道自己必須做一個懂事自律的姐姐，成為妹妹的榜樣。她牢牢記住媽媽的一句話：「我希望讓你和妹妹保持好的生活，不會因為失去爸爸而有絲毫改變。」於是她心裡默默下定決心，她要成為優秀的人，讓媽媽看見她的好成績，沒有因為失去爸爸而有絲毫改變；她要成為愛笑的人，讓媽媽看見她很快樂，沒有因為失去爸爸而有絲毫改變；她要成為堅強的人，讓媽媽看見一切都沒有因為失去爸爸而有絲毫改變，即使一切已因為失去爸爸而不一樣了。

「媽媽不懂英文，在這方面幫不到你，也給不了意見。那之後英文成績就要靠你自己了。」

「我可以的。多謝媽媽！」她緊緊抱著媽媽，小小的心臟跳得很快很快，像小鹿找到一片平原，終於可以自在地奔跑。

如果問紅小時候最幸福的記憶是甚麼？她必定會回答：成功讓媽媽取消英文補習社。那是她第一次坦承告訴媽媽她的痛苦，而媽媽明白，媽媽諒解，媽媽願意將她的痛苦帶走。

八爪魚的智慧

「有些小傷，是為了讓你生存下去，然後在接下來的日子裡，活得更有智慧。」一隻粉紅色的八爪魚冒著風雪在火車窗外陪伴著我，以自在的姿態跟著列車前行，一邊用溫暖低沉的聲音跟我說話。

那時候我獨自坐上火車，從位於溫哥華的學校前往多倫多，車程是四天四夜。為了省錢，我沒有選擇床位，只買了座位。幸好乘客很少，我可以獨佔三個座位，剛好足夠我側身縮著腿睡。穿著厚厚的毛衣，把羽絨外套當被子，背包當枕頭，睡起來和在宿舍睡其實差不多。

火車穿過鬧市裡的車站，經過結冰的瀑布，和雪地上脫軌的火車殘骸擦身而過，我感覺自己和在溫哥華發生的一切愈來愈遠，甚至開始懷疑我應否為那不值一提的事離校出走。

我把一切不幸歸咎於托高型胸圍。

剛進那學校的時候，身處很多擁有豐滿上圍的女生之中，我對自己的身材毫無信心，於是第一次買了能讓乳房集中、托高的胸圍。戴著這一武器的我，沒有頓時變得自信，而且更在意他人目光，害怕他人討論，走路都不敢挺直胸膛。但我不得不承認它有它的魔力，這時候一名男同學出現了，他熱烈地追求我。對於自信低落的我來說，被追求是一種肯定，但通常透過他人肯定而建立的自信，都逃不過瓦解的一刻。

這一刻很快便發生了，那是我第一次在男生面前脫掉衣服，然而我看到的不是愛，而是他眼中的失望。「我的胸圍騙了他。」這話在我腦海中反覆播放，宿舍裡的暖氣無法抗衡我內心的寒雪，當下瓦解的不只是我難得的自信，還有我整個青春期對戀愛的憧憬。過了幾天，這名男生跟我說，他對我的喜歡只是錯覺。

「你一定很傷心，對吧？」粉紅色八爪魚的聲音很像我去世了的爸爸，總會在我獨自一人的時候出現。

「嗯。我就這樣逃了出來，你會不會覺得我太軟弱？」

「八爪魚被捕獵者捉住一隻腳的時候，會馬上放棄那隻腳，迅速逃到一個安全的地方，讓傷口慢慢復原，時間會讓我們重新長出新的腳。」

「也許我不穿那個胸圍，就不會遇上那樣的人，也不需要逃離那個地方。」

「有些小傷，是為了讓你生存下去，然後在接下來的日子裡，活得更有智慧。別怕，你不會一直逃跑的，你受傷的地方會慢慢好起來。」

「我不會再穿那種胸圍了，不能再扭曲自己來讓人對我產生錯誤的想像，更何況穿著根本不舒服。」

「你看我，甚麼都不用穿。」八爪魚的語氣伴隨著瀟灑的轉身變得輕佻，他散發著滿滿的愛和包容，讓我很放心把心裡的一切都告訴他。

「我想和你一樣活得自信、自在，以這個狀態遇見我愛的人。」

「你會一天比一天更懂得怎麼做的，至少現在你已經知道那和胸圍無關，和別人的肯定也無關。」

聊著聊著，我捲曲身體躺在座椅上，像一隻躲在洞穴裡療傷的八爪魚，感覺到額頭有誰輕輕拍了兩下，提醒我不要屏住呼吸，要用一呼一吸讓心臟找回原來的節奏。

原刊於《StoryTeller》

倫敦的太陽

從香港來倫敦第一個星期，我在交友軟件上認識了她。她是獨自來這裡生活了兩年多的韓國女生，在汽車公司工作，年齡比我大一點。

「不用怕，會習慣的。」是她第一句跟我說的話。她外表冷酷，但一說話會散發讓人快樂的感覺。她說我長得像韓國人，如果在街上看見我會直接跟我說韓語。她喜歡我亂用在韓劇裡聽過的韓語回應她，加上我浮誇的演繹，總能逗得她笑個不停。我們很快便開始約會，她知道我喜歡海鮮，於是帶我試遍全倫敦最好吃的龍蝦、生蠔、青口和各類海鮮小店，每天都過得很滿足、很幸福。在這個烏雲當道的城市裡，我找到了屬於我的太陽。

可惜倫敦的太陽，熱情的時間很短，大多時候都是自閉的。忽然有一天，她消失了。我一開始以為是工作壓力讓她想自己靜一靜，也曾懷疑她是否只封鎖了我。三個星期後，居然在社交媒體看見她獨自去了南美旅遊。

我自問也是個熱愛自由的人，當初選擇來倫敦是為了離開家人和前度的牽絆，但她的消失超越了我所認知的自由。我發了瘋似的傳短訊給她，完全無法專心下來找工作。

「我回倫敦了。」她消失一個月後，忽然傳短訊給我。「今天留在家，可能要做個Covid檢測，你可以幫我買一盒嗎？」很奇怪的感覺，彷彿我之前的一堆短訊從未走進過她的世界。

「我家有一盒，下午拿過來給你。」我不爭氣地回答。兩個愛自由的人愛上對方，也許註定有一方失去自由，甚至丟失真正的自己。戀愛中的我總是不能自控地變得卑微、不自信、不安全，和平日生活中大膽自主的我判若兩人。有人說這是戀愛的魔力，能讓人變柔軟，但我似乎已軟得像雨後的泥地，任她踐踏，只求讓她在鞋子表面留一點代表我的泥濘。

到了她家以後，我們像一個月前那樣擁抱、親吻，她興奮地分享在南美的難忘經歷，我假裝自在地附和著。晚飯後，她轉換了語氣，言正辭嚴地告訴我：「我發現自己並不是真的那麼喜歡你。」是因為我那些瘋狂的短訊嗎？是因為你一聲不響消失了，不是嗎？在無數個問題中，我選了一聲不響坐在灰色沙發上，淚水不住地流。十五分鐘後，她說了另一句讓我晴天霹靂的話：「我的檢測結果是陽性。你可能也要驗一下。」

「如果我的結果也是陽性，可以留在你這裡隔離嗎？我不想回去傳染我的室友。」我心底還是想看看能否留在她身邊久一點。當我想拿起手機向室友交代的時候，手機「啪」一聲從桌上掉下，在屏幕留下像雪花般的裂痕。

「你要馬上回家隔離，我不習慣和別人住在一起。」她冷冷地說。

看著桌上我帶來的Covid檢測盒子，我這才意識到整件事多麼荒唐。戳著碎裂的屏幕，裂縫中藏著肉眼看不見的碎片，不知不覺間指頭被入侵了，痲痲的、癢癢的，但沒有痛楚。我不能因此停止告訴室友這一切，必須繼續讓兩顆拇指將我腦裡的聲音排山倒海地打出來。

「回來吧，別留在那裡了。」室友堅定地回應我：「她根本不愛你，別讓她再傷害你。」

很多在香港的朋友知道我隻身到英國來，都說我是個勇敢追隨愛的人，但我很清楚自己只不過是因為沒有愛而逃跑，完全是兩回事。已經忘記我是如何離開她的家，回到沒有太陽的倫敦街道上，手裡拿著空空的Covid檢測盒子，此刻的我心裡只有一句話：這個結局真難看。

原刊於《StoryTeller》

黃色蜜蠟唇膏

紅今年三十四歲，她習慣在袋子裡放一支黃色蜜蠟唇膏。

她和食物的關係，就像一個小女孩坐上鞦韆，媽媽的手往她屁股上一推，她眼裡便出現白白的天空，食物像馬路上的灰塵般湧進她擴張的食道，當媽媽的手離開，她便馬上回到厭食的地獄，不住地嘔吐，灼熱的胃酸弄醒她每一寸神經，她無法離開這座鞦韆，只能每天用拳頭握緊手中的唇膏，拼命往自己唇上塗，提醒自己，不要吃，不能吃。

第一次看見這款唇膏，是十年前和藍先生第一次約會，他們每人吃了一塊乾式熟成牛扒、一堆黑松露薯條，喝了一瓶紅酒，最後還點了餐廳最有名的法式焦糖布丁。紅飽得很滿足，她喜歡和懂得找好東西吃的人約會，因為吃東西是她獲取幸福和安全感的主要途徑。如果愛情和美食，只能二擇其一，那時候的紅會毫不猶豫選擇後者。

甜點吃完以後，藍先生從口袋中拿出一支黃色蜜蠟唇膏，塗滿他薄薄的嘴唇。他說唇膏是他媽媽送給他的，因為看見他的嘴唇常常乾到脫皮，尤其在冬天。自此以後，他便習慣飯後要塗這支唇膏。紅注視著藍先生說話時的嘴唇，彷彿看見藍先生的媽媽正坐在他身旁，親手幫他塗唇膏。

紅總是遇上會在第一次約會便說起自己媽媽的男生，有一種是媽媽過身了，對媽媽的印象仍停留在兒時最美好的畫面，有的則像藍先生這樣，依然和媽媽緊密連在一起，會拖著媽媽的手逛街、看電影。他們像永遠長不大的男孩，渴望伴侶有時候像媽媽那樣呵護他們、關心他們，有時候像小女孩般仰慕他們、依賴他們，卻不能有媽媽的控制欲，也不能有小女孩的橫蠻潑辣。一些女人為了滿足這種男孩，會嘗試依靠體內一半的母親基因，和心中依稀對小女孩的印象，勉強成為媽媽小女孩混合體。

紅知道自己為何總是遇上這樣的男生，因為她天生就是個媽媽小女孩混合體。她從青春期開始便不是一副少女的模樣，她的臉型、五官、身型都有著一種成熟、親和的婦人氣質，她喜歡二手古著、古典音樂和懷舊電影，好像個活在上世紀的靈魂。後來有位塔羅師告訴紅，因為她在十四歲時曾被男性傷害，這個創傷令她對男人的概念凝固在那個時空，對成熟男人感到陌生，因此也只會愛上心理年齡仍是少年的男性。當大部分人對於愛情的想像是戀愛、結婚、生兒育女，紅只想找個人陪她生活，吃東西和吃東西，像很好的朋友那樣便足夠了。

紅和藍先生在一起後的生活很規律，早餐、上班、午餐、下班、晚餐、親吻、做愛、各自回家睡覺，每天重複。對紅來說，一天的高潮是每晚的美食大餐。有一次藍先生忍不住問紅：「為甚麼你時刻都想著食物？一起床馬上想著早餐，早餐後便想著午餐，午餐後已開始構思晚餐，睡覺時已想好第二天的早餐？」紅沒有回答，只顧陶醉在口中美味的烤五花腩。

幸福洋溢在紅圓圓的臉上，甜蜜化成了她腰間的脂肪。她一天比一天胖，一天比一天失去自信，一天比一天不相信藍先生會繼續愛她，因此一天比一天吃得更多。她獨自坐在房間的全身鏡前，看著自己圓圓的臉，下巴在不知不覺間變成了三層厚厚的肉，已找不回腮骨的形狀。她脫下上衣，年輕時引以為傲的腰線早已消失，換成厚實的肚腩脂肪。她想起藍先生常常用開玩笑的語調跟她說：「你的肚子好像孕婦。」「如果你減肥，一定比誰漂亮。」「你的身體讓我想起我媽媽，我喜歡那個感覺，卻又討厭自己有那個感覺。」她一拳打在自己肚皮上，她討厭肚子裡的一切，她一拳打在鏡子中，她憎惡鏡子裡的一切。

透過鏡子，她發現身後的桌上有一線鄙視的目光，是藍先生忘記帶走的黃色蜜蠟唇膏，她拿起唇膏，在唇上塗了厚厚一層，塗完再塗，塗完再更使勁地塗。其實她一直很討厭這苦黏的味道和質感，每次藍先生親吻她後，她都會忍不住用衣袖將他的唇膏擦掉。而此刻的她，想用這股苦澀堵住自己對食物的渴望，堵住體內那份渴求幸福的虛空，堵住壓在脂肪底下那份永恆的不安全感，那份年少時沒好好保護自己的愧疚和痛苦。

她想起自己是從何時開始時刻想著食物過日子的。

那時候紅十四歲，認識了一名叫銅的少年，是個住在半山的富家孩子，皮膚黝黑，單眼皮，長得很像日劇裡的帥氣壞學生。在網上聊天後，他們便相約在半山的一家咖啡店見面。對於在傳統女校長大的紅來說，銅眼裡那頑童的稚氣很讓她著迷，像在她面前打開了一個全新的宇宙。持續通訊了幾星期後，銅邀請紅到他家，但不是到他家裡，而是到他家的後樓梯，因為銅的父母不准他帶朋友回家。「會很刺激的。」銅告訴紅。紅一開始很害怕，卻又不想拒絕這位她心儀的男生，於是鼓起勇氣走進那座置身山林中的堂皇住宅，踏入金碧輝煌的電梯，然後轉進幽暗的後樓梯赴約。她永遠都會記得當天在後樓梯被拖行、掌刮、掙扎、逃生的畫面，銅在她身後不停叫喚她的名字，「自、甘、墮、落」這四個字重複敲打她驚恐的腦袋，冰冷的雙腿跌撞地跑了十七層樓梯，最後坐上計程車，全身仍繼續不受控地顫抖。下車後，她在家樓下的快餐店買了四個不同口味的漢堡、兩份加大薯條和兩杯士多啤梨奶昔，然後躲進房間裡邊哭邊吃邊喝。那是紅第一次發現，食物可以療傷，可以讓她忘記傷痛的味道，讓她暫時安心地活著。

想著食物過日子，是紅十四歲時學會的求生之道。

黃色蜜蠟唇膏，是紅二十四歲時學會的求生之道。

紅今年三十四歲。

求婚預告

「這場疫情讓很多人萌生結婚的念頭，你該不會也這麼衝動吧？」

他默不作聲，也許是被我強硬切入重點嚇到了。

坐在巷子大排檔裡，我們從嘈雜高溫的營業時間聊到打烊後。總覺得夜裡的空氣讓人分不清時空，也許是參雜了不同時空的粒子，把現在、過去、未來同時混進啤酒杯裡，身旁的一切便會開始失去時間的記號。

和他大概是三年才見一次面，每次都約在晚上，不是我刻意安排的，但不排除是我的潛意識希望讓時間感覺上稍微漫長一點，而且在夜裡比較能掩飾大家臉上變老的痕跡。

每次我們的聊天內容格式都差不多，引言是當天發生的無聊瑣事，第二段是各自無傷大雅的近況更新，中段會輪流說一些共同朋友的八卦，再從八卦的嬉鬧中貌似自然地引入高潮，那個我真正想問的問題：「你和她還在一起嗎？」他輕輕帶過答案後也會問一句：「那你呢？」也許我們都曾幻想過，如果大家的答案皆是沒有，這個晚上會否不一樣。可是，這從沒發生過，只怪我們都是太需要戀愛的人。

「你結婚的時候可以預告一聲嗎？」我總是負責問很多問題的那個，而他總是簡短地回應。

「可以。」

「不是，應該是在你求婚前，如果可以的話。」

「為甚麼？」

「有些心理準備需要很長時間。」

「那你就從現在開始準備吧。」

他說得對，我該從此刻開始做心理準備，應該說這是早該做的事。

活在這個時代，太多事情無法預計，但前度結婚算是一件可以預見的事情，只是遲早之別，所以這個心理準備是值得做的。我必須把心理準備做得密不透風，因為一毫米的心虛已足以讓心臟承受不必要的壓力，經歷毫無意義的陣痛。

但有時候我又會想，那心理準備究竟是為了甚麼而做的？明明一早就清楚大家不是適合在一起的人。是因為有太多傷痕還留在對方身上？是因為他是那本紀錄我青春的日記？還是他口袋裡存放著那個純粹為愛情而活的我？而他結婚，就代表沒收了這一切？那個感覺，應該就像幾年前發現媽媽把我所有中學的作文簿丟掉的那天。即使到現在，我也渴望著記起那些曾寫過的故事，依靠它們接近那時候的自己。究竟為何我的腦袋會把結婚看得如此強大？這些想法都真的是我的嗎？

大排檔簷篷上的紅色帆布被突如其來的大風捲起，朝旁邊的高樓飄去。帆布在空中亂舞，我看見自己穿著小紅花圖案背心裙子在四國的船上眺望遠方，那個我看得見現在的我嗎？現在的我都不愛穿裙子了，花圖案也很少穿，只愛穿黑色。青春總會帶著一系列的愛好遠走，讓你不得不在大人的菜單裡挑選新的愛好。

在這個晚上，我終於明白，面前的他，只是象徵過去的我的一個符號而已。

原刊於《StoryTeller》

和房子的故事

她是一個很喜歡風的女孩。

她說：「有風的地方才有生命。」那天，她靜靜坐在窗邊，白紗像裙袍般擺動著，帶著說悄悄話的節拍，不敢太快怕對方聽不清楚。

這個地方不是她的家，她已經很多年沒有自己的家了。十多年前，她第一次搬離父母住的地方，跟伴侶住在一起。住在伴侶的地方，總讓她覺得自己是一隻依附在蝸牛身上的寄居蟹，在狹縫中等待著深夜的擁抱，或被迫離開的一天。

一個伴侶接著一個，她開始習慣很快地適應一個陌生的住所，適應一個街區：買宵夜的地方、買日用品的地方、最近最便宜的洗衣店。也許她天生就是個旅客，擅長冒充各地的住客。

「兩串芝士丸、一串雞中翼、一串雞皮、一串雞腎、一串翠玉瓜、一串娃娃菜。」這夜她又到她這陣子最愛的燒烤店買宵夜，從褲袋中拿出幾張皺皺的藍色二十元鈔票，禮貌地交到紅色塑膠手套中，另一隻手套正在把娃娃菜從熱水鍋中放到烤爐上，熱水碰觸烤爐時發出的聲音令她想起自己乾渴的喉嚨。「我之後再回來拿！」她提高聲調以達至掩蓋鬧市的效果，連忙數數口袋裡的零錢，腳步已急速地到達轉角的一家珍珠奶茶店。

「阿妹，今天想喝些甚麼？」她知道阿姨並不是真的認得她，只是她愛用這句令人感到親切的開場白。每次看珍珠奶茶店的飲料牌，都會在奶味和果味之間掙扎不斷，究竟是珍珠奶茶還是百香果紅茶好呢……她最後還了從未試過的檸檬益力多，那甜度令她後悔不已。

一手拿著甜得離譜的飲料，另一手拎著香噴噴的串燒，這頓宵夜再次提醒她應該忠於傳統，以免承受不必要的風險。

電梯到達五樓，這是一個三百呎的小單位，屋主有一隻小狗，她跟小狗見面的時間比她跟任何人見面的時間長，但還是未能跟小狗有很親密的關係，總有無法言喻的距離感。牠的叫聲，她從未聽懂過，跟牠獨處時，更會直接表露潛意識裡對牠的不耐煩：「噓！噓！噓！」聽說小狗是屋主和前前女友養的，所以小狗已經歷過三次改朝換代，是屋主的忠臣。在小狗身旁，總有點需要贏得牠認同的感覺，猶如媳婦見奶奶？

電視機周圍放滿了模型，但她記得很清楚，她第一次走進這地方時，模型的位置是屬於一個個彩色相架的。當時的她並不在意，反而是現在的她會不時被記憶中的那些相架惹怒。人只有部分時間會被現狀困擾到，因為意識中還是相信有些事能被逆轉，但記憶的纏擾卻是永無止境的。

這個單位的窗戶是灰色的、緊閉的，因為屋主說這個區域車多人多，為免路上的沙塵進入屋內，便無時無刻都把窗戶關上。有次她實在覺得屋裡太悶熱，便想偷偷打開窗戶讓空氣流通幾分鐘，誰知道原來窗柄因為長年沒用都已經生鏽卡住了。

流著汗，聽著窗戶無法隔絕的街道噪音，她很安慰自己手中調味極出色的串燒，「住在這區的好處就是可以隨時隨地買到好味的街頭小吃。有美食的地方，就是好地方。」她自言自語，小狗聽著。

幾個月後，小狗的主人把她流放了，她多次到那個單位按鈴、敲門、用力拍門、大叫，甚至在門外瘋狂搖狗零食利誘小狗，都完全失敗。

她不捨得那個地方。那個小小的客廳裡還有她咬斷的指甲碎、用風筒吹頭時留下的棕色長卷髮，根據屋主五年都不會大掃除一次的習慣，恐怕不會很快被清乾淨。那個小小的床鋪，雖然不會長留著她流的汗和她身體的味道，但她卻永遠記得夜裡那貼著牆壁冰涼的手臂和流汗的背形成的強烈對比。這些記憶令她希望有生之年還能再造訪那小小的單位，就算裡面的人和小狗都不在，她還是想貼著那牆壁，睡個午覺，在那油煙難以逃跑的廚房裡煎一顆半熟的雞蛋。

有人說她沒有真的愛過那個屋主，她愛的是那間讓她能安心在裡面等待的房子；有人說她並沒有投入過和屋主在一起的那段日子，她投入的是當那小單位半個主人的日子；有人說她總有一天會忘記她和屋主之間發生的一切，卻不會忘掉自己和那房子的故事。

她和那房子的故事，就像每天早上把她吵醒的狗吠聲，一直揮之不去。

「噓！」

紅的孩子叫天

紅有一個總是重複發的夢，是回到中學學期完結的一天。放學鐘聲響起，很多早有準備的同學很快離開了學校，但她那滿滿的抽屜、儲物櫃、桌子旁掛著的一袋兩袋還未整理，於是獨自在無人的課室裡收拾。累積了一整年的東西，要趕在短時間裡清空，於是她會把一切亂塞進大袋子裡，然後把那堆比石頭還重的東西搬回家，待到暑假結束前才逼不得已把那些袋子一一處理掉。

人生像大海的流動循環不息，離開中學後，紅仍不時聽到放學的鐘聲，代表她又要把塞得滿滿的空間清空：大學宿舍房間、第一份工作的辦公桌、第一次搬出去自住的單位。每一次清空，都代表進入人生另一個階段。

紅現在住在新婚時買的房子裡，已想不起是誰讓她相信愈靠近海的房子代表愈幸福。她走到客廳角落，拿出一個粉紅色的麻布盒子，盒子滿得蓋子沒辦法完全蓋上，所以一直用那沒用的急救箱和沒電的按摩槍勉強壓住。

打開盒子，最表層放著一張失去黏力的衛生巾，上面寫著：「I'm pregnant!」那些興奮得無法入睡的夜晚，她相信自己會生一個女兒，那女孩的樣子清晰得像一張放在錢包裡的證件照，一張她在千萬世中不斷遇上的臉孔，而她今世卻意外阻止了這場相遇。一條綠色連衣裙和一雙白色拖鞋，壓縮著那段不願記起的經歷。

女兒的名字如無意外會叫「天」，紅喜歡這個字的純粹，像一個人張開雙手擁抱藍天，活著就該這麼簡單。她一直不特別喜歡自己的名字，「紅」這個字總給人錯誤的期待，期待她是個堅強、有朝氣的女人，期待她有出眾的成就。

聽朋友說靈魂只會在感到安全的情況下，才會降臨到子宮裡，準備被孕育誕生。那時候剛新婚的紅，彷彿成了世上最幸福的人，也許因此給了天的靈魂這份安全的錯覺，讓她抱著憧憬到來。那是紅第一次感覺自己的生命力燃燒了起來，感覺自己配得起「紅」這個名字。

一個平凡的下午，紅在客廳的沙發上躺著看手機，電腦忽然響起收到訊息的聲音，她不自覺地走到電腦桌前坐下。頭幾秒還意識不到自己看的不是自己的通訊軟件，再定睛一看才發現內容是丈夫和一名陌生女子討論即將向紅提出離婚的訊息。在那瞬間，子宮裡的小生命比紅更快意識到自己身處的錯覺，堅決選擇了撤離，讓紅體驗了這輩子最痛的一天。但紅即使經歷過當天的一切，仍抱著能用一己之力挽回局面的希望，嘗試用淚水留住那個為她建造幸福幻象的人。她害怕一無所有，她深信自己無路可走。

直至半年後的今天，她聽到放學的鐘聲響遍整個房子，海上的船隻和飛過的老鷹都禁不住停下來注視這個崩塌中的家。她必須把這個家的東西清空，把這個粉紅盒子放進心底深處。她拿了一張紙，寫下：「親愛的天，謝謝你短暫的到來，讓媽媽不再活在自己幻想的美好裡。雖然媽媽不捨你的離開，但我也絕不忍心讓你在冰冷的家裡成長。媽媽會努力、很努力，創造真實的幸福、安全和溫暖，迎接你再次的到來。愛你的媽媽紅」她把字條放在粉紅盒子裡，走到窗台邊，把盒子丟向大海。她張開雙手，擁抱眼前的藍天，她知道天的靈魂正在那裡等待著，默默為她加油。

原刊於《StoryTeller》

點解我咁樣衰？

「我用咗幾十萬喺你哩度做人工受孕，點解生到個咁樣衰嘅細路？唔係話會揀最靚嘅咩？」一位媽媽在輔助生育中心的房間裡大發雷霆，她面前站著一名醫生、一名護士，房間外靜靜坐著一個小孩。

在這個情境裡，「樣衰」的不是那個小孩，是這位媽媽。正如一個我很仰慕的人曾說：「樣衰」其實和外表無關。

我就是這個「樣衰」的媽媽，在當媽媽以前，我和很多人一樣，是個「樣衰」的女孩，不符合任何漂亮的標準。

我從小便不斷問自己，為甚麼我要長成這個樣子，為甚麼不能像那些擁有漂亮臉蛋的同學，穿上裙子、戴個髮夾就能變成公主。她們在我桌椅上寫滿「樣衰」二字，在我儲物櫃裡塞滿寫著「樣衰」的字條。親戚朋友只會用「乖」來形容我，因為他們對著我都說不出「漂亮」這兩個字。

十八歲的時候，我問算命師「點解我咁樣衰」。他說這跟福報有關，相術可以從一個人的骨相、面相、身相和生辰八字看出一個人的福報。《三世因果經》裡提到：「相貌端嚴為何因？前世花果供佛前。」他告訴我一個人的長相由三個元素組成：一是心相，即相由心生，二是前世因果，三是父母的緣起。他說我八字屬甲木，「甲木逢克貌如花」，本應是個亭亭玉立的美人。所以可以推斷出我的「樣衰」主要源自前世，因為我過去幾輩子都是畜生，上輩子有了一點修為，這輩子才能成為人，但外表自然比不上前世已有修行、甚至來自仙界的人。他叫我必須趁這輩子修自己的福報，下輩子便可以長得好看。我問他要怎麼修，他說要做最苦最苦的事，例如出家。我大叫：「唔要！我唔要做尼姑！」他說想要福報就要吃苦，不出家的話，也可以選擇成家，同樣是很苦很苦的事。那個十八歲的我聽完居然滿心歡喜，覺得成家比出家容易。

二十五歲的我總算找到一個好男朋友，外表算是中上，經濟能力不錯，算命師說雖然我們之間不會有太多情感，但如果我要找個人結婚，這個男人是不二之選。這個男人說我雖然醜，但令他想起他媽媽的感覺，覺得很親切、很溫暖。其實我完全不在乎他喜歡我的原因，因為我心裡只想著「成家」、「福報」、「變漂亮」。因為聽說兩個人過了兩年的蜜月期便會對結婚失去幻想，而且算命師說如果我二十八歲前不結婚，之後都不會遇到好男人，所以我千方百計令這個男人在我二十七歲生日那天向我求婚。

二十八歲，我懷上了孩子，我看見鏡子裡的自己穩拿住「成家」的門票，卻興奮得在浴室裡摔了一跤，流產了。三十歲，我再次懷孕，但一到醫院檢查便發現是宮外孕，必須做手術終止懷孕，否則胎兒在我的輸卵管裡一天一天長大，會把我的輸卵管撐破，導致不育、甚至死亡。

經過兩度流產，我沒有一天不懷疑是否上天覺得我不值得獲得福報、沒有資格成家。算命師說如果我三十五歲前不生小孩，之後就會有不幸的事情發生，於是我送給自己的三十四歲生日禮物，就是預約到一家輔助生育中心。

「人工受孕係唔係可以避免我再次宮外孕？」我緊張地問護士，她很年輕，看起來像個大學生。

「因為囊胚移植可以減低胚胎喺宮腔入面移動嘅時間，令宮外孕嘅機率減低。我哋會先喺體外培養幾個胚胎，然後挑選形態最好、最靚嘅進行囊胚移植。」

她的回答非常大方得體，既然她說了「最靚」，我就安心了。我還算好了要生一個天蠍座的孩子，因為我身邊圍繞著的天蠍座朋友都是最美的。看著牆上一張張感謝卡和漂亮嬰兒照，我不斷幻想我回來這裡送上感謝卡和嬰兒照的那天，但原來一切美好的都只能是幻想。

「我用咗幾十萬喺你哩度做人工受孕，點解生到個咁樣衰嘅細路？唔係話會揀最靚嘅咩？」我在升降機裡拖著兒子，默默在心裡反覆練習這一句。他一出生就被確診患有崔契爾柯林斯症候群，導致下頜骨顏面發育不全，這是一個染色體顯性遺傳疾病，當大家都以為這病只會顯性遺傳，但原來也有隱性遺傳的可能性。每個人都有二十三對染色體，總共四十六條，每對染色體裡有一條來自爸爸，一條來自媽媽。我和他爸爸都沒有這個病，但原來各自帶有一條有缺陷的染色體——POLR1C，導致在他身上發生突變。

他今年五歲，本應兩年前要上幼稚園的，但我決定在家裡教他。我在客廳放了一組乾乾淨淨的學校桌椅，電視機前放了一塊黑板和一盒彩色粉筆。他最愛看Ryan's World的YouTube頻道，把Ryan當成哥哥，喜歡Ryan玩的所有玩具，所以我會把他最喜歡的玩具都網購回家，堆滿整個客廳，讓他也能置身Ryan's World。他爸爸有時候會罵我買太多垃圾回家，把客廳弄得亂七八糟。但我停不下來，只能不停用玩具填滿一個又一個購物籃，填補我體內某個看不見的缺口。也許我比兒子更需要Ryan's World，正如我一直告訴他：如果不喜歡現在身處的世界，就想像自己身處另一片天地。

「媽媽，我想好似Ryan咁做YouTuber。」

我看著他，一直強忍著的淚水滴濕了手上的太空人玩具，我拖起他的手，走出家門，直奔向那家我過去五年都不敢踏足的輔助生育中心。當時我沒有留下一張感謝卡就從他們的世界中消失，因為那個誕下兒子的瞬間，一個美夢轉入噩夢的剪接位，我幾乎看見畫面褪成灰色，醫生護士們表面上專業的冷靜掩飾不了他們眼裡的慌亂與同情，輔導員在旁碎碎念著一堆沒有字幕的外語台詞，止不住的血和淚水代替了一切我想衝口而出大喊的話。那股撕裂的痛沒有隨我離開那個地方而變成失焦的記憶，反而像4K修復版那樣將所有細節在我每個毛孔裡不停放映。

我步出升降機，來到輔助生育中心門口，*Canon in D* 的門鈴聲再次傳進我雙耳，聽起來像是千萬個孕婦在手術中的慘叫。我按捺住內心的風暴，把兒子安放在等候區的沙發上，如果當年我在這裡看見的不是漂亮嬰孩的照片，也許這些年來也不至於這麼崩潰。我要讓他們看見，讓他們親眼目睹這場活生生的悲劇。我轉身推開嘗試向我打招呼的護士，獨自闖進見醫生的房間，大嚷我五年前已經想問的那個問題：「我用咗幾十萬喺你哩度做人工受孕，點解生到個咁樣衰嘅細路？唔係話會揀最靚嘅咩？」

醫生默不作聲，站在他旁邊的護士冷冷回答我說：「當初我話我哋會揀最靚嘅嗰粒胚胎，唔係最靚嘅BB。」我認得她，她還是和當年一樣年輕。

「所以最靚嘅胚胎，都會變成咁樣嘅細路嘅咩？」我跪在毫無溫度的地板上，再也說不出話，只有不住的流淚。

我一直以來不斷告訴自己，下輩子變漂亮便可以了，我只要好好活過這輩子，不漂亮的這輩子，好好成家，好好輪迴。但我居然生出這樣的他，我發現不能就這樣告訴他，要他和媽媽一起等下輩子，我說服不了他，就算我已說服了自己。我要如何教他面對這個世界，面對欺凌他的同學。應該教他原諒他們嗎？那些甚麼都不懂的小孩。他要原諒的是他們，是我，還是這個世界？我不知道。要怎樣告訴他，他不能完成自己的夢想，永遠不會成為人見人愛的YouTuber？要如何向他解釋這是正常？這是人之常情？這就是人性？

「媽媽，唔好喊啦。」兒子輕輕推開門，看著我。

「仔啊，點解我咁樣衰？」

他把小手放在我顫抖的肩膀上：「媽媽，你一啲都唔樣衰。」

「你咁講只不過因為你係我個仔。」

「我係你個仔所以唔算數？」

「嗯。」

「我係你個仔所以算最多數！我最熟你，其他人都唔熟你。」

「你真係覺得媽媽唔樣衰？」

「媽媽，樣衰同個樣無關㗎。」他緊抱著我。

我想起算命師說的話：想要福報就要吃苦，不想出家的話，可以選擇成家，因為同樣是很苦很苦的事。

我的福報早就在我懷裡。

我會緊緊抱著他，不放手。

原刊於文藝復興非正式生活節×StoryTeller《隔離時代的電影藥方》展覽場刊，故事部分內容取材於電影*Wonder*。

雞蛋

今天在超市關門前買了兩大袋食材，其中有兩盒雞蛋怎樣放都放不進袋子裡，既不想讓其他食材把雞蛋壓壞，又不敢放在頂層，怕會不小心滑落。於是把兩盒雞蛋裝進一個在超市可以免費拿的透明塑膠袋，頂端勉強打個小結，格外小心地抱在懷裡。

到停車場拿車，把兩個大環保袋放進車尾箱，也把兩盒雞蛋放在車尾箱的一個角落，用其他雜物固定著。回家的路不遠，應該安全的。坐上車子，剛拉好安全帶才想起離開停車場會經過一條很長很斜的下坡路，腦海中出現雞蛋在車尾箱被打翻的景象，蛋漿隨車子的震盪滲進很難清洗的毛氈，彷彿聞到生雞蛋的腥味。下車，打開車尾箱，再次把雞蛋抱在懷裡。放在副駕駛座上也不夠安全，萬一煞車雞蛋往前衝怎麼辦？早知道就不買雞蛋了，就算買，也該只買一盒。人總是太貪心，尤其在看見超市的優惠價格時。最後決定把雞蛋夾在大腿之間，雖然會有點妨礙開車，但這是唯一能確保雞蛋不會左搖右擺的辦法。這趟回家要慢慢開車，不要亂煞車，不要亂轉線，安全至上，好好護送雞蛋回家。

十分鐘後，到了家樓下的停車場，拿著雞蛋走到車尾箱，把兩個滿滿的環保袋也套在手上，伸手去關車尾箱。同一瞬間，銀包從外套的口袋裡掉落到地上，是媽媽送的名牌長銀包。從不習慣用長銀包，一來有種和我格格不入的貴氣，二來不能完全放進任何衣服的口袋。但媽媽喜歡，她說大人必須用長銀包，善待每張努力賺來的鈔票，和金錢建立好關係，才能成為幸福的大人。伸手去拾起銀包，兩根手指不自覺地鬆了十分之一秒，正是用來抓緊雞蛋袋子的左手無名指和尾指。袋子「啪」一聲墜落地面。看著蛋漿從破洞的蛋殼透過塑膠盒的裂縫流到塑料袋裡，像個止不住血的傷口。「啊——」我捏緊拳頭咆哮起來。

破了，還是破了。一直想避免的事情，總是像巴掌一樣刮過來，避不開也躲不過。我狠狠看著掉在地上的名牌長銀包，一點也不幸福，即使它讓鈔票不用變成風琴或鹹菜，仍逃不過跌在髒地上的命運。「都怪你，用甚麼長銀包，連好好待在口袋裡都不會，說甚麼高貴，甚麼大人，根本是廢物！我討厭你！我討厭自己！明明上車前已有預感會跌破雞蛋，還是無法阻擋它發生。真的很討厭自己！」在不停謾罵的瞬間，扭曲的面容中，緊繃的喉嚨裡，我彷彿感覺到自己被媽媽附身了。

那年我十五歲，在家附近一家麵包店做兼職，店主是一對美國夫妻，喜歡邀請朋友或熟客在晚上打烊後到店裡喝酒聊天，我也會跟在旁邊聽邊吃當天賣剩的麵包，坐到很晚才回家。那些人聊天的話題我早已想不起來，只記得每晚媽媽都會打很多通電話催促我回家，因為擔心我的安全，但明明麵包店只是和我家相隔兩個路口，根本沒甚麼好緊張。

有一晚，媽媽依舊不停打電話給我，我任由電話在口袋裡震動，繼續幫店主的朋友們倒酒、切麵包。一個小時後，當步出麵包店準備回家時，便看見媽媽撐著傘站在對面馬路。她高聲大吼：「以後不准你再來這裡上班！做到這麼晚，電話又不聽，我已經準備要報警了。你說想打工練習英文，怎麼會變成陪人家喝酒？一個女孩子，這樣成何體統？你真的是太任性了！」她喉嚨很緊、聲音很尖，總會鑽進我耳膜最深處、最靠近腦袋的地方，一字一句都深深烙印在那裡。「一開始就應該堅持不讓你去！根本不應該因為你說想練英文而心軟。太魯莽了！以後不准去！不准！啊——」她緊捏拳頭跪在地上咆哮，我靜靜站在旁邊，用傘擋住媽媽，不是因為要幫她擋雨，而是因為感到極度尷尬，默默期望麵包店店主不會看到這一切。

回到家裡，她沒有像平常那樣拿起拖鞋打我，只是淡淡的說了一句：「公公剛暈倒進醫院了，我本來要去看他的，但你還未回家，我便一直不敢去。」她轉身拿起早已收拾好的行李袋，漏夜坐旅遊巴趕到內地的醫院看公公。

那個晚上，我遲遲都睡不著，打了好幾次電話給媽媽都轉到留言信箱。接近凌晨三時，媽媽才打電話來，說公公去世了，她沒有趕得上看他最後一面。媽媽的聲音很累、很小。

「媽媽，對不起，讓你看不見公公最後一面。」

「我不會怪你。」

「但這不就成了你這輩子的遺憾嗎？」

「如果我去看公公，而你在麵包店發生了甚麼事，也會是我一輩子的遺憾。」

那時候我覺得那只是媽媽意圖安慰我的好話，但在十多年後的今天，看著地上的雞蛋和咆哮的自己，我似乎能明白，作為她的女兒，我就是她手中緊緊握住的雞蛋，從第一次把我抱在懷內開始，她便發誓要好好保護我。為了護送我走最好、最安全的路，為了不留遺憾，她願意不惜一切代價。

脂脂媽

在美術館裡，一位媽媽揹著幾個月大的女兒看畫展，熟睡的女兒口水流到她的衣服濕了一圈。她依然聚精會神地細看著畫作，時間彷彿凝固在她年輕時修讀美術的時光。直至小孩睡醒哭鬧，她才猛然發現自己不是孤身一人。但很多很多年後，這個情況不會再發生，即使她一個人走著，她仍會覺得背上有個女兒，再也想不起來自己一個人的感覺。

走出美術館的刹那，我想起某年母親節，我們去爬山。你穿著白襯衫和牛仔褲，揹著灰色背包，腳上是那雙只有到墓地探望爸爸才會登場的白色運動鞋。歪向左邊的小馬尾，應該是那天早上肩周炎發作時的完成品。

自從爸爸離世，你獨自肩負起養育我的責任，自然而然把我看成你的一部分，你希望這一部分的你端莊大方、正經得體，讓你驕傲自豪。但事與願違，我在你眼中是個「怪胎」，藏在你肩膀下令你隱隱作痛、動彈不得。

我們在山上一個看得見大海的地方坐下，你笑說我愈來愈像你，因為我準備了一盒藍莓、兩個蘋果和一些餅乾，很像你一貫照顧家人和朋友的作風。我時常會問：究竟是甚麼讓我們如此相似，卻又如此不同？也許正因為我們有太多相似的地方，你才對於我「偏離軌道」的部分如此擔憂，如此迫切想把我搬回正途。當下我告訴你：「我長大了，懂得照顧自己，你可以去做讓你快樂的事情。」

你一直很想進修中醫，爸爸離開前，你自學中醫的筆記寫滿了幾十本記事簿，但後來就只見你的記事簿寫著寥寥幾頁商業用的英語句子。你也渴望搬去跟婆婆住，照顧婆婆走人生最後一段路。但你很堅決抑制這些想法，因為有另一個念頭佔據了你整顆心：你放心不下我。

在那一刻，我才驚覺原來當你是我「做自己」的最大阻力時，我也是你「做自己」的最大阻力。明明是愛，卻總會變成無形的壓力和阻力。也往往因為愛，無法灑脫地說「I don't care」掉頭就走。

我不希望我們必須有一方離開後，另一方才能活得自由快樂。

因此我一直想盡辦法化解我們之間的矛盾，用各式各樣的方法讓你感受我為自己人生做每個決定後，所得到的快樂、幸福與成就感，讓你明白我們都沒有錯，只是我們不是彼此。雖然原本溫馨的交流總會在某個瞬間逆轉成翻天覆地的謾罵與辯論，但我還是努力嘗試著、堅持著。

媽媽，我這件行李，你真的拿起太久太久了，幾乎把你也關在裡面。我們就在這密不透風的空間裡不停互相傷害，誰也飛不起來。

「媽媽，母親節快樂。送給你。」

「哎呀，這是誰？是我嗎？怎麼又不穿衣服？」

「是畫畫的風格。」

「媽媽我愛你？你三歲就懂這麼說了，但還是這麼頑皮、這麼難教。」

當媽媽很不容易，當一個給予女兒自由的媽媽更不容易，當一個自由的媽媽最難。

原刊於《StoryTeller》

水

我是水。

把你無處宣洩的脆弱交給我，由我來負責。

你總覺得世界需要你有能力、堅毅成熟的部分，而軟弱無能的部分是你的負累，於是在成長過程中，你學會了壓抑脆弱，把自己包裝成無堅不摧的石頭。

可是你知道嗎？你身體裡面幾乎全都是我，根本一點石頭的成分都沒有。你怎麼會要求水做的東西堅硬無比呢？你擁有無窮無盡的力量，但那股力量源自流動。看那閃閃發亮、浩瀚無盡的大海，他之所以強大，是因為保持流動。當他結冰凝固的時候，很容易會出現裂縫。你也是如此，裂縫會在你把情緒冷藏的地方出現，你愈久沒觸碰它，它便會凝固得愈厲害。

這時候，你只須把溫暖的掌心放在那個結冰的地方，讓冰慢慢融化，裂痕也會跟著流走。

你記得嗎？小時候你會把我放在你最愛的水瓶裡，每天陪你上學。無論你在學校遇上甚麼事情，我都在你身邊。默書「出貓」的時候，和同學傳紙仔的時候，被朋友排擠的時候，排練話劇的時候，畢業歡呼的時候，戀愛甜蜜的時候，失戀痛哭的時候……你經常會忘了我一直乖乖待在你的袋子裡，但在你不適、生病的時候，你一定會想起我，從小到大都是這樣。

見證你從那個在操場狂奔大叫的小孩，到第一次當風紀在操場鼓起勇氣喊「前面的同學不要跑！」；從害羞膽小地暗戀同學，變成和心儀對象聊通宵電話的少年；從好動跳躍、熱愛冒險的青年人長成今天內心渴望著平靜的成年人。我的清澈讓我看見你的所有面貌，我的通透讓我能感知你這一路走來的一切感受。

現在的你在很多人眼中是個能幹、堅強的大人，當他們遇到問題時，很喜歡問你意見，聽聽你的分析和經驗分享。當你展現你成功、優秀的一面時，會得到他們的掌聲和讚美。當你遇到不如意的事情時，你會說一句「沒事，不用擔心」便把他們通通打發走。

他們看不見你的其他部分，我都清楚看見了。前陣子你獨自走在街上，忽然覺得活著很累、很苦，忍不住躲在口罩底下流淚，幸好你眼睛不大，淚珠也自然不怎麼顯眼，沒有引來陌生路人的目光。幾個月前還可以參加多人聚會的時候，你躲在聚會角落裡默不作聲，你有一瞬間不明白慶祝的意義，因為生活讓你背負著太多壓力和傷痛，既希望被關心，卻又害怕被關注。還有那個你在被窩裡胡思亂想的夜晚，你對於親人的離別束手無策，對於消逝的歲月感到無力，你渴望擁有神奇力量去改變現狀，渴望活在一個沒有時間、沒有人會無聲無息離開的世界。在這些時候，你都會很自然地拿起水杯，像小時候生病那樣，咕嚕咕嚕地喝下我，然後閉起眼睛睡去，期待著明天一覺醒來便病好了。

請相信你的脆弱並非一無是處，因為它正是你生命力最強大的地方。別讓自己無意識地不停在同一個狀況裡打轉，試試好像把我從水杯倒進水瓶，再倒進水塘、河流，最後倒進波光粼粼的大海。

我是水。

繼續把你無處宣洩的脆弱交給我，由我來負責。

原刊於《StoryTeller》

後記

「如果母親一輩子都不能理解，就只好等下輩子。」這句話寫於二〇一五年的一個夜晚。那天我們一枱新認識的人，有八十後、九十後，大家一談到母親，沒有一個說正面的，只有一個比一個悲慘。

一位用助聽器的女生，選擇每次面對母親都脫下助聽器，寧願永遠聽不見母親對她的批評。一位母親患癌的男生，知道母親唯一的願望是看他帶女朋友回家，而他一直不敢說自己已有一個交往五年的男朋友。我們說到流淚，幾個新認識的人產生了切膚的共鳴，外面太多人說「溝通可以解決」、「你要懂得孝順」，但我們知道，因為在乎，因為愛，才會無路可逃，才會痛，才會說等下輩子。

那時候我寫道：「有些繩結不是一朝一夕綁成的，而且永遠無法解開。令人筋疲力盡的角力，其實沒有人自願參與，無奈兩人被設定為一正一負，物理上的相吸只會帶來更大的衝突。既然相剋，又何必偽裝相生。」

之後我的心不斷浮現一個問題：「如果想在這輩子解開這些死結，我可以怎麼做？」

二〇一四年在加拿大當交換生時，選讀了一個Motherhood Literature課程，當時的我只是覺得感興趣，沒有想太多，但我相信這絕不是巧合，學習解結的旅程早已開始。寫作，是我紀錄思緒、反思覺悟的方式。自身的成長、與母親的溝通，通通都需要用書寫來沉澱。當然身邊會出現一些聲音，問我怎麼要這麼重視媽媽的看法，怎麼可能想要改變媽媽？我也不斷問自己，死結就是死結，真的有被解開的需要嗎？

從二〇一五年到二〇二二年，日復日的書寫和療癒似乎讓我找到了答案，我要解開的死結不是在我和媽媽之間，而是在我自己心裡。那個死結是一個不懂處理傷痛的小女孩，她沒有跟隨我長大，只是變得愈來愈緊，愈來愈沉，重得讓我不得不找一個對象、一個出口。每次說起媽媽，我的淚腺會不自覺地分泌淚水，不是因為媽媽讓我傷心，而是因為在那個小女孩心裡，媽媽是她唯一的對象、唯一的出口。

媽媽，對不起，請原諒我，謝謝你，我愛你。

繩結正在漸漸解開，漸漸變輕，小女孩會在愛裡慢慢成長，我深信。

二〇二二年二月

故事文庫3

海水停在你背上癢的地方

作者/插圖　方迦南
封面插圖　IP
出版策劃　李凱儀
責任編輯　莊櫻妮
裝幀設計　曹智崴、陳嘉瑜（Third Paragraph）
出　　版　說故事有限公司
印　　刷　高行印刷有限公司
發　　行　一代匯集
尺　　寸　一〇五×一四八毫米　二二八頁
初版一刷　二〇二二年十月

ISBN: 978-988-75261-4-8

ZtoryTeller

說故事有限公司 StoryTeller Ltd.

香港中環士丹頓街十五號一樓
1/F, 15 Staunton Street, Central, Hong Kong
info@ztoryteller.com
www.ztoryteller.com
FB: ZtoryTeller
IG : ztoryteller.official